여가 진도여

일러두기

맞춤법 표기는 국립국어원 〈표준국어대사전〉을 따랐습니다. 다만 작가의 의도가 담긴 일부 표현, 방언, 속어, 대화체의 옛 표기 등은 그대로 살렸습니다.

한글 맞춤법에 따르면 '진돗개'가 맞습니다. 그러나 진도군에서는 진도 고유의 품종이란 뜻을 살려 '진도개'로 부르고 있습니다. 이 책에서는 '진도개'를 고유명사로서 인정하고 '진돗개'와 '진도개' 두 가지로 표기를 하였습니다.

진도군
제1회 진도사랑 시詩 공모전 수상시집

『여가 진도여』

부산

제1회 진도사랑 시 공모전 수상시집

차례

초대작

입선작

책 머리에

대한민국 최초 민속문화예술특구이자 천혜의 아름다운 자연경관과 예향이 어우러진 보배섬 진도. 이곳의 문화와 자연을 널리 알리고, 그날의 기억을 딛고 관광지로서 다시 활기를 찾아가는 진도를 위로하기 위해 제1회 진도사랑 시詩 공모전을 개최, 우수작을 한데 모은 수상시집 「여가 진도여」의 발간을 매우 뜻깊게 생각합니다.

아울러 첫 번째 공모전임에도 진도에 희망과 사랑 그리고 격려의 메시지를 수준 높은 문장으로 표현하여 공모전에 응모해 주신 모든 분들에게 감사드리며, 당선되신 작가 분들에게 축하의 말씀을 드립니다.

우리 진도군은 '옥주'라는 옛 이름이 말해주듯이 풍광이 수려하고 순박한 고장으로 시·서·화·창의 찬란한 문화예술을 꽃피워 온 남도예술의 본향입니다. 또한 삼별초와 명량대첩으로 빛나는 호국충절의 지역이자 신비의 바닷길과 천연기념물 진도개, 진도아리랑과 강강술래를 비롯한 무형문화는 세계로 뻗어나가고 있는 우리의 자랑이라 할 것입니다. 특히, 세월호 참사가 발생하였을 때는 모든 군민이 생업을 뒤로한 채 봉사하며 남겨진 가족들과 함께 아픔을 나누었습니다.

　이러한 진도의 자연과 문화, 삶의 모습들이 듬뿍 담겨 있는 이번 수상시집 발간을 통해 보배섬의 향기가 천리만리 퍼져나가 사계절마다 사람들 북적이는 진도를 꿈꾸어 봅니다.

　마지막으로 '여가 진도여' 공모에서 발간까지 정성을 다해주신 도서출판 북산과 공정한 심사를 위해 애써주신 심사위원 분들의 노고에 감사드리면서, 여러분 모두의 가정에 건강과 행복과 행운이 충만하시길 기원합니다. 감사합니다.

2019. 1.

진도군수 이동진

대상

진도사랑상 **김회권** _ 진도 벌포마을

내 속에 없는 것은 결코, 나를 흥분시키지 않는다. 가보지 않은 길은 안내할 수 없듯, 나는 시를 쓰는 것이 아니라 시가 되는 것이다. 궁극적으로 내 안의 목소리, 나를 찾아가는 것이다. 오늘 뜻밖의 당선 소식은 잃었던 나를 비로소 찾게 했다. 참으로 다행스럽고 감사할 뿐이다.

진도 벌포마을

김회권

함박눈이 송이송이 나리는 밤
벌포마을 사내 대여섯
노루꽁지만 한 하루해 싹둑 잘라먹은 선창가
폐선처럼 누운 선술집 뻘건 갈탄난로에 둘러앉아
시린 해풍에 저린 몸을 미역처럼 말린다

이따금 토해지는 굽갈래 기침 소리
갈탄난로 위 여린 꼬막들은
해소끼 같은 허연 거품을 내뿜고
먼 바다 거센 파도 수만 번 접었다 폈을
늙은 사내는 구릿빛 마디 굵은 손
뚝뚝 꺾으며
누런 양푼에 찬 소주를 친다

바다의 삶이란 때론
만선의 깃발마냥 펄럭이던 것인가
맞바람에 시린 냉가슴 쓸어내는 일인가
때 아닌 난파에 찢긴 걸그물 같아
저마다 순항치 못한 빛바랜 날들을 호명하며
짠기 밴 시린 눈을 연신 껌벅인다

막배 끊긴 벌포 선창가
눈은 허풍쟁이처럼 푹푹 나리고

14 / 15

몇은 더 이상 비울 것 없는 가슴에
찬 술을 붓고, 또 몇은
오래전 목젖 깊숙이 삼켜버린
질기디질긴 뿌연 침묵을
밤새도록 찌개처럼 끓인다.

2002년 문학춘추에 시로 당선되면서 활동을 시작했다. 2006,
2009, 2017년 광주문화재단 창작지원금을 받았으며, 오산신인
문학상, 광명신인문학상, 건설문학상 등을 수상했다.
시집 〈숲길을 걷는 자는 알지〉, 〈동곡파출소〉, 〈우아한 도둑〉, 산
문집 〈뜨락에서 꽃잎을 줍다〉, 〈꽃처럼 웃다가 주름진 얼굴로 가
라〉 등이 있다.

여가 진도여

진도사랑
시
공모전
2018

수상작

여그가 歌

이호철

진도아리랑상(최우수)

울 할매 살던 진도는
흐드러니 핀 무궁화가 반기는 곳
행여 길 잃을까 진돗개 소리 이끄는 곳
눈을 감으면 더 잘 보이는
여가 진도여

할매하고 부르면 내 강아지 왔느냐고
첨찰산 구븐 등어리로 내어주던 주름진 손
울금 내음새 낭낭한
여가 울 할매야

세방낙조야
아느냐 알고 있느냐
파아란 파도가 구기자 물들 때
새색시 볼 빨갛게 일렁일 때

밀물에 울 할매 썰물에 우는 어매

밀물 썰물
밀어라 쓸어라 아픔도 슬픔도
할매 손은 약손이다
눈 감으면 더 따사로운
여그가 진도여.

잘 놀다 가쇼잉

샥시!
워디서 왔수?
여근 처음이여?
그라믄 운림산방부터 가봐아
거가 옛날에 허련 선생이라꼬
그림 허벌나게 잘 그린 냥반네 집이여
째깐한 연못에는 꼬옥 샥시를 닮은
수련도 피었구
새소리도 좋고 물소리도 좋응께
백 날 도시에 있어 봐야 물러
가보기 전에는 이?
그리고 바닷길도 가보구
옛날에 뽕할매라꼬
거 나보다 수백 살은 더 잡순 냥반인디
헤어진 가족들 만나게 해달라고
용왕님께 노상 빌어 쌌디야
아 그라서 용왕님이 길 터준 게
그걸 바닷길이라고 안 혀들?

아따…
바닷바람 한 번 시원하게 불어싸네
시방 께벗고 들어가두 되겄어
들판은 징허게 눈부셔잉?

강은아
진도강강술래 상(우수)

여가 진도여

여가 해가 잘 들어 해가
아참 샥시!
술은 쪼께 할 줄 알어?
그라믄 홍주도 한 잔 걸쳐 봐아
시뻘건 술인디 향이 아주 일품이랑게
이 그려
잘 놀다 가쇼잉.

풍요의 고향

진도강강술래상(우수)

박지혜 — 안성여자고등학교

겨울 내음에 취하는 새벽
아버지를 따라 배에 몸을 실은 사내는
수평선을 향해 그물을 던집니다
바닷바람이 온몸을 휘감아도
놓을 수 없는 단 하나, 고기그물
멀어지는 육지와 깊어지는 바다 속에서
사내의 고향은 점점 작아졌습니다
마을이 은빛 전복처럼 비춰졌을 때
모락모락 피어나는 굴뚝 연기는
누군가의 온기처럼 따스해보였습니다
만과 입의 연속이 만들어낸
리아스식 해안선과 소박한 기와지붕은
아늑한 자연의 쉼터, 생명의 보고
사내의 귀향이 서둘러지는 소리
굴을 까는 아낙네들의 소박한 수다거리와
해안장관이 만난 그것은 섬
사내의 고향, 진도
사내가 만선의 배를 몰고 귀향하듯
진도, 그 섬은 풍요의 섬.

여가 진도여

그랑구만
여가 진도였어라
뽕할마이 계신다던
여가 진도여라우

할마이! 보고 잡은 내 새끼들
보고 계시지요?
생떼 같은 내 새끼들
얼지 않게 많이 보듬어 주씨요

보듬어도 보듬어도 엄마, 아빠 찾으면
신비 바닷길 열릴 때 만나요
거기서 기다리께라우.

신화영

진도강강술래 상(우수)

백구의 하루

백경규

진도소포걸군농악상(장려)

인기척 없는 지붕 아래
진돗개 한 마리가 누워있다

갯벌에 일 나간 주인 할머니의 옷에 파묻혀
텅 빈 집 조용히 허무한 공간을 달래본다

대문에 서서 한참을 먼 지평선을 바라보다가
이웃 친구의 안부 목소리에
자리를 뜰 수 없는 백구는
꼬리를 흔들고 우렁찬 목소리로 화답한다

태양이 바다에 잠기고
파도가 육지로 상륙하는 시간

멀리서 들려오는 지친 발소리
조금씩 풍겨오는 갯벌 냄새에
힘차게 꼬리를 흔들며
집을 박차고 달음박질한다

저 멀리 바다를 담은 두 손으로
반기는 주인 할머니
백구는 할머니를 맞이하러 가는
이 시간, 이 길이 가장 행복하다.

노란 진도에 분 민들레 씨

곱디고운 꿈들 채 노랗게 되지 못했네
어여쁜 민들레가 되고 싶었던 작은 민들레 씨들은
닿지 못해 하염없이 춘월만 바라본다
높이 솟은 달은 나도 보고 나래마을의 들꽃도 보고
모두가 본다
차디 찬 바다마저 노랗게 만드는 모두의 달
민들레 씨들을 따라 달을 봐주자
달빛에 감싸져 진도가 더 노오란 기분이 되었으면,
더 노오란 모두가 되었으면,
조도에 선채 보는 풍경이 오늘따라 더 노랗다
커다란 민들레가 되었나보다.

진도소포걸군농악 상(장려)

안현용

내 고향 진도

진도소포걸군농악 상쇠(장려)

전대산 | 목포마리아회고등학교

걷다가 힘들어
주저앉고 싶을 때
잊지 않고 생각나는
내 마음속의 아이야
난 네가 좋단다

이슬 머금은
연분홍 진달래꽃을 따서
거품 물고 따라 오는 뱃길에
살며시 뿌릴 수 있고
아지랑이 춤추는 바다 속에서
가만히 손 흔들며
초록빛 희망 꿈꾸는
네가 참 좋단다

누군가의 잘못으로
내 가슴에 찬바람 불고
비 내리는 날
예고 없이 찾아가도
반가워 어쩔 줄 모르며
나를 반기는 아이야
난 네가 좋단다

여가 진도여

햇볕 무더운 여름날
뜨거워진 몸둥이
밀려오는 하얀 파도에
담글 수 있고
머나먼 수평선 너머
갈매기 날개 그리는
소라의 꿈이 있어
네가 좋단다

아무리 멀리 있어도
내 마음 깊은 곳에
숨을 내쉬고
내 마음 슬프고
외로운 날이면
문득 찾아 가고픈
아이야 너만 생각하면
나는 아직도 가슴이
자꾸 두근거린단다.

거기, 너 진도여 잘 있었었는가!

최지아

진도소포걸군농악 상(장려)

거기, 너 진도여 잘 있었는가!
팽목항 슬픔을 노란 리본으로
고이매고 슬피 울던 너

아리랑 한이들랑 이제 그만 넣어두고
일어날 때가 되지 않았소

울돌목 힘찬 기개와 진도대교 우직함이
너를 기다리고 있소
관매도 핀 매화도 순결함을 지키며 여전히
너를 기다리고 있소

수줍게 고개 내민 풍란도
너를 애타게 찾고 있소
백구도 황구도 제 주인이 일어나길
간절히 바라고 있소

우리가 함께한 추억을 생각해 보소
사시사철 미소로 맞이해주던 그때를 생각해 보소

참말 즐겁지 않았당가?
이제 그만 일어나소
누운 자리 툭툭 털고 일어나소.

여가 진도여

초대작

박남인 _ 구름 위의 산책

민예총진도지부장 역임. 진도문화원 '진도문화' 편집국장.
現 목포작가회원. 광주고 아카시아 동인.
시집 〈당신의 바다〉, 시대문학 신인상 수상.

구름 위의 산책

박남인

단풍잎을 달고 다니는 학생들이
성동길 2층 학교를 찾는다
책가방 가슴에는 진도아리랑이 흐른다
나이 든다는 것
기쁨과 희망을 채우기 위해
오랜 욕망과 주저함을 비우는 수업
가을 햇살이 담임선생이다
잃어버린 소녀시절을 불러 앉혀
콩닥콩닥 스스로를 다독이며
춘사월부터 첫눈이 올 때까지
한글 궁서체를 배우는 할머니들
등하굣길은 늘 구름 위의 산책이다
오병이어의 기적이 일어나는 식당
떼 지어 찾는 자원봉사자들에게
무상으로 효성 과외를 받기도 한다
우리글을 또박또박 써 내리는
공책마다 꿈이 단정하게 수 놓는다
사람은 본디 서로 기대이는 것
나이는 엿장수에게 헐값으로 팔았다
책 읽는 소리가 시냇물을 닮았다
운림산방 수묵화 여백을 거닐며
장 받아라 멍이야 단수를 아끼며

북 장구 사물놀이 하늘에 닿도록
신명난 하루하루 기량이 쑥쑥
복지는 받는 게 아니라 나누는 것
재능기부도 반드시 줄을 서는 곳
두근두근 진도노인복지관에 오면
누구나 지피지기 죽마고우가 된다.

여가 진도여

진도사랑 시 공모전 2018

입선작

울돌목 외 71편

울돌목

임금의 어명을 거역한 죄로
수많은 부하와 백성을 바다에 잃었다
임금과 어리석은 신하들은
백성을 버리고 도망치기 급급했다
낭떠러지에 서 본 사람만이
강해지는 것을 알았다
간신의 세치 혀가 사라진
울돌목 어귀에는 바람은 차고
얇은 옷을 입은 백성들만이 남아
나라를 지키고 돌을 쥐었다
나의 고뇌는 깊어지고
깊고 깜깜한 밤들이 지나갔다
좁은 수로의 길을 찾아
급물살을 만들어 전법을 만들었다
수십 개의 크고 작은 암초가 솟아
부서진 배들은 헤어 나오지 못했다
왜군을 수장시킬 때도
질투에 눈먼 이들은 나를 힐책했다
전선 13척이 남아 있는 것이 전부였으나
죽을힘을 다하여 막아 싸운다면
나를 버린다면 이길 수 있다
거품이 일어 만들어 낸 소용돌이는
백성의 눈물과 매서운 마음이다

강수화

두터운 손을 잡고
팔이 없는 농민도
눈을 잃어버린 어부도
아이를 등에 업은 아낙도
함께 웃을 수 있어 다행이다
우리는 승리했다

나의 죽음을 헛되게 하지 말라.

여가 진도여

진도 아리랑

충절忠節로 지켜낸 마음으로
언제나 쉼을 주는 곳에
머물러 있는 고향은

안식이 되고 마을 잔칫상에
올린 지초로 빚은 술로 마음에
희노애락喜怒哀樂 지피우고
농사일에 노랫가락
나와 흥으로 피곤함을 달래주네

굽이굽이 오솔길 따라
동무의 반가움에 셋방리의 낙조를 따라간다

첩첩산중 골에 앉은 안개
위로 마을을 묵향墨香으로 만들어
달래는 이는 누구인가

호롤 배를 띄어 신선이 되고 싶은
이 누구인가 혹 외딴섬 홀로 두고 온
동무가 그리워 찾아가는 길인지 묻고 싶네.

고병준

왕온
황제

곽
예

보배섬 진도는 의로운 땅
의로움은 영원하고
보배섬 진도도 영원하다

나
황제 왕온은
옥새 찍어 일본에 보내고
몽골을 깨우치며
의로운 땅에서
의로운 평화를 꿈꾸었다

동백나무 사이를 걸어온
소년이여 후세여
마음 굳센 용사여

산성에 맺힌 이슬부터
풀밭에 뛰노는 강아지
초여름의 태양까지
모두 진도의 백성

나
황제 왕온은
태자와 말 한 마리와

여가 진도여

눈 내리는 밤
나지막이 노래 불러도
외롭지 않다

보배섬 진도는 의로운 땅
의로움은 영원하고
보배섬 진도도 영원하다.

진도의 수호자

해님이 어느새 곤히 잠들고 달님이 깨어난 밤
고요한 어둠이 낮게 내려오는
진도의 어두운 밤하늘 아래
홀로 조용히 집을 지키는 한 마리의 진돗개

모든 사람들이 안심하고 잠들 수 있도록
밤의 정적에 휩쓸리지 않게 하기 위해서
깊은 어둠속 다른 누군가의 온기를
믿을 수 있게 하기 위해

반짝이는 별처럼 이어지는 파도 소리를 친구 삼아
따스하게 내려다보는 달님에게 용기를 받아
오늘도 홀로 어둠을 노려본다.

권민혁

여가 진도여

여가 진도여

진도珍島야
옥도玉島라 하더니
그 이름답게 보석같이 아름답구나

옥도玉島야
백 년 전 선비들이 귀양 왔다 하더니
백 년 예술 깃든 예향藝鄕이구나

진도珍島야 옥도玉島야
예향이라 하더니
과연 진도개珍島犬마저 호박琥珀색을 띠는구나

김경민

피에르 랑디도 놀라게 한 신비의 바닷길도 보고
판소리 아리랑 들으며
꽃게에 홍주 한 잔 걸치면

눈과 귀와 입이 즐거워
이것이 사는 진도眞道라 하겠노라.

진도 품은 하늘

흐릿하게 비치는 진도의 노을이 두 손 모아
오색빛깔 목도리를 두른 진도는
아직 고개를 들지 못해

진도의 무릎위에 떨어진 물방울들이
하나씩 모여 진도의 어깨를 두드리고
진도의 머리를 끌어안을 때

진도는 더 이상 울지 않아
진도는 이제 알거든
우리가 웃어야 그들도 웃는다는 것을

진도는 이제 환하게 웃어
바닷가에 핀 개나리를 위하여

스쳐 가는 그들의 입김에
등대는 더 밝게 빛나고
스쳐 가는 그들의 미소에
진도는 다시 신발끈을 맨다.

김
다
혜

여가 진도여

진도야 진도야,
바다처럼 푸른 진도야
너에게 보들보들 따뜻한 담요를 줄게
이제 겨울 오니까 덮고 자라고

진도야 진도야,
미역처럼 맛있는 진도야
너에게 최신 스마트폰 줄게
심심한 밤 등대 켜놓고 같이 게임하자

진도야 진도야,
눈물처럼 슬픈 진도야
너에게 우리 할머니 최고로 잘하는 떡볶이 줄게
이거 먹고 이제 그만 울라고

진도야 진도야,
진돗개처럼 씩씩한 진도야
내가 이 세 가지를 선물할 테니
더 아름답고 희망찬 섬으로 자라라.

김도윤 ─ 대구범어초등학교

노란 기억

김미경

옷깃마다 피었다
슬프도록 노란 꽃 한 송이
가슴마다 총총히 박혔다
하늘도 노랗던 그날의 기억이

슬픔이 너무 일렁거려
사람들 눈에도 피가 맺혔다

바다가 하늘이 되었던 그날 이후

칠흑 같던 진도 밤바다는
그들의 혼불이 등을 밝혔고
삭히지도 못한 울음은
뱃고동으로 울어 댔다

미처 전하지 못한 숱한 사랑의 말들
잡혀 든 생선마다 파닥대는 아가미로 쏟아내고
이루지 못한 푸른 꿈들은
파도 위 하얗게 진혼 꽃으로 피어났다

눈물이 바다가 된 세월 속에서
고운 꽃잎들 이제는 편히 잠들길
진도 앞바다 깊은 하늘에

여가 진도여

같은 슬픔 두 번 다신 없기를
간절한 기도 소리만 바람결에 묻어둔다.

이순신 장군

조선의 운명을 바꾼 이순신
13척으로 133척을 어떻게 이겼을까?

必死則生 必生則死 필사즉생 필생필사
죽기를 각오하면 반드시 살고
살려고 하면 반드시 죽는다
전원 출격하라 - 아 - 아!

이순신 장군의 자신감이
사람들 마음에 들어갔다
죽음이 무섭지 않은 최고의 갑옷

김민서 ― 서울당중초등학교

진도 앞바다 회오리도 우리 편
총알도 대포도 한 방에 날려버리는
최고의 군대

펑펑 피우웅 - ! 피우웅 - !

장군, 우리가 이겼습니다
드디어 우리의 승리다!

전쟁의 신 이순신 장군

여가 진도여

내가 찾은 기적

아득한 바다
잠길 듯이 파도가 밀려온다
더 이상 길이 없구나

아득한 마음
눈을 지그시 감고
일렁이는 파도에 새겨본다

한 걸음 한 걸음 발을 내디뎠다
길이 있구나
아득했던 마음이 썰물처럼 빠져나갔다
이곳, 여기에 기적이 머물렀다.

김민서

진도는 바닷길을 연다

김숙희

진도의 그리움을 본 적 있나
짜디짠 속내 해풍에 갈무리하다
달이 기울 때쯤 시린 등을 낮추어 길을 열고 있다

수평선 멀리 아롱이던 그리움의 방울방울
하늘하늘 벚꽃이 띄워 놓은 꽃구름을 띄우고
한낮의 포구에 산수유 꽃물도 물들인다

아득히 먼 달의 정거장에서 기적이 울릴 때면
바다는 물의 차표를 타전한다

오랜 기다림의 응어리
팔딱팔딱 망둥어
뾰족뾰족 검은 별 성게
치렁치렁 미역 바다 내음 물씬한 행성으로
달은 궤도를 달리기 시작한다
쉼 없이 달려온 궤도에
부표 없던 여정은 썰물처럼 빠져나가고
연인들의 마주한 눈빛 속에 사랑은
달의 궤도를 타고
또다시 길을 재촉한다.

여가 진도여

강강술래야

울돌목 소용돌이에 떠오르는
원주율의 숫자들이 강강술래 손짓해요
발 구르며 돌고 돌아서
울돌목 소용돌이 숨결 뿜으며
둥글둥글 보름달 띄우고 돌아
손수 손발로 둥글둥글 돌은 것을
원으로 그려낼 수 없어요
열두 발 상모 둥글둥글 돌린 것을
원으로 그릴 수 없었어요
원주율 끌어다가 둘레 길이 구할수록
한 바퀴 돌은 거리도 어림할 뿐이려니
말로도 글자로도 할 수 없는 것이
서로 손 팽팽히 잡고 돌은
술래야, 술래야 강강술래야
열두 자 둘레라도 둥근 꼴이
각진 것보다야 더 널고 너르니
술래야 진돗개도 따라 돌아서
초승달이 그믐달 될 때까지
옷자락이 휘몰아치도록 또 돌아요.

김옥중

울돌목에서

김완수

제주에서 목포 가는 뱃길
바다를 동경해 첨벙 낯 담근 걸까
아니, 어쩌면 혈육을 찾으려 고개 삐죽 내민 거리라
여기는 화원반도*가 보배섬 코앞까지 닿은 자리
뭍과 섬의 상봉相逢을 못 보겠는지
바다는 부리나케 그 새를 지나간다
곡창을 지키려 밤낮 까치발 했을 전라 우수영
그 원두막이 뭍머리에 선 이유는
뭍의 속정을 뭍에 전하기 위해서였을 터
바다는 아는지 연방 출렁거린다
파도는 언제부터 암초의 울음을 쏟게 했을까
왜적이 물길을 어지럽혔을 때
스스로 가슴 퍽퍽 치며 통곡했을지 모를 일
충무공이 종묘사직을 지고 쏜 화살들도
저리 울부짖으며 바람을 갈랐겠다
팽팽했을 활시위처럼
사장교가 달을 향해 연모의 쇠줄들을 당기는 밤
찬바람이 바다를 들쑤셔도
울돌목 물살은 강강술래를 하며
역사歷史의 긴한목 우렁우렁 지킨다
급물살이 살길이 된다.

*화원반도(花源半島): 전라남도 해남군 북서부에 있는 반도

여가 진도여

그리하여 결국

땅끝 마을 그곳에,
두 다리를 이어육지 끝에 온전히, 매어져
바다 위 작은 섬이여

바다 위 역사를 품은
바닷속 슬픔을 품은
역동逆動의 섬이여

십일시 장터 옛정의 그곳
아리랑 한의 그곳
유산遺産의 섬이여

김우빈

신비의 바다, 그 속을 열어
오랜 침묵 그 짙은 속을
들여다보오, 살펴보오,

그리하여 결국,
보시오
진귀한 보배를 그 보물을

이 끝 작은 섬 진도를.

여가 진도여

가지마다 묶어진 노란 손수건
얼마나 애타게 님을 기다렸던가

푸른빛 물결이 출렁이는 바다는
칠흑같이 깜깜한 바다 빛으로 물들고

그 깊은 바닷속에는
조용히 잠든 수많은 별

이제 그 별들을 하나하나 담아내어
하늘에 동여매고, 가슴에 동여매고

김우연

어느 별들이 이 별보다 빛날 수 있으리
어느 무엇이 이 별보다 따뜻할 수 있으리…

그렇게 진도의 밤하늘은
매일 노란 빛으로 물들고
따스한 온기로 가득 채워진다.

진도삼마

불방으로 불쑥 찾아온
진도 아줌마를 믿고 산
마른 다시마

바닷속에 살아 출렁거렸고
멸치들 꼬리 치고 있어
어찌 최상품이라는지 알았다

나는 날마다 파도치는 바다
통째로 구슬땀 흘리며 마신다

혼자 먹기 아까워
미역을 더해
몸 풀 날 달포 남은 딸에게 보냈다

고운 진도 아줌마와 다시마, 고구마를
진도 삼마라 불러준다.

김진복

뽕할머니

김민지

낙엽이 갯바위를 쓸어내릴 때쯤
여명은 할머니의 비녀 위에서 흔들렸다
간절한 마음이 닿으면 열린다며
용왕의 입김은 보고 싶었던
바닷길로 나타나고
아지랑이 피는 무지개의 실루엣이
잔등 위를 감싸고 있었다
호랑이는 타다 남은 햇살을 주워 담고
모도의 금동 소리는
할머니의 귓가에 맴돌았다
간절함이 잇닿은 것일까
뱃고동의 울음소리가 퍼져댔다
실가지처럼 퍼지는 호동의 포효가
바닷길에 울려댈 때면
동상이 바닷바람에 흔들려
무지개로 비춰졌다
설령 그것이 안개에 휩쓸려 낙엽으로 흩어진
할머니의 잔해라도
모도의 바닷길은
언제나 푸르게 스며들어 가고 있었다.

진도여 깨어나네

진돗개 짖는 소리에 새벽공기 깨어나고
청정바다의 생명 또한 깨어나네!

울둘목에 울려 퍼진 그대의 힘찬 목소리가
바람을 깨우고
그대의 차분한 숨소리가 성난 파도
잠재우네!

들판에서 들리는 한을 실은 노랫가락
청실, 홍실 무지갯빛 생명을 깨우고
돌아가는 기계 소리 숨어 있던 벼멸구를
깨우네!

무인도 끝자락에 걸친 붉은 태양 땅에 묻혀
있던 호미 끝을 깨우고
우렁찬 개구리 소리 고단함에 굽어 있던
어머님의 허리를 깨우네!

김청동

진도의 노을

저녁이 되면
항상 노을을 비추는
바다의 친구 해

바다는 참 착하다
해가 싫증나서
너무 밝아 질투 나서
쫓아낼 수도 있는데
삼켜버릴 수도 있는데

바다는 해가 좋아
얼굴이 더 빨개지도록
해를 꼬옥 끌어안는다.

김해린 — 서울양명초등학교

여가 진도여

어
청
도
로
오
시
랑
께

김
현
숙

물 맑기가 거울과 같다 하여
아름다운 외딴 섬
서해 끝 섬을 아실랑가

사람 속도 안 보이는 세상에
물속 하도 깊어
농어, 우럭, 도미, 놀래미
뛰어노는 속 깊은 바다랑께

양식이 다 뭣이여
바람이 키우고
바다가 키우고
볕이 키워낸
욕심 없이 소박하게 사는 게지

둥굴레도 캐고 더덕도 캐고
돌김도 주워 다가 용돈도 하고
뭍에 나가 쌀도 사먹고
자연이 주는 만큼 안고 사는 게지

당산원시림 붉은 사연 들어보실랑가
푸른 안개에 기대어 파도소리 울던 밤
빛나던 봉수대 불빛이

외연도 녹도 원산도로 뻗어 나가던
바다의 국경을 아실랑가

오십 년째 미끼를 달고
물고기를 잡는 기다림 끝의 바다
주민들이 쌓아 올린 방파제가
세월을 기억하고
시간의 이끼마저 아름다운
어청도로 시방 오시랑께.

여가 진도여

옥
도

세상만사 다 잊어라
캐묻는 사람 없으니

뜸북국에 눈물 말아
훌훌 털어버리거라

진도바다 갈라지듯
도시매연 잊혀져라
마냥 보고 있노라면.

김형선

해가 아우르는 섬

김효정

종일 열심히 일하던
해가 퇴근할 시간
넓은 바다는 해의 퇴근길
해를 비추는 거울 세방낙조

소나무 수염이 가득한 섬에 인사
거친 화강암 손과 발로
주지도와 양덕도는
퇴근하는 해의 어깨를 토닥여 준다

큰 구멍에 세상을 담는 섬에 인사
하루 동안 바람과 간지럼 놀이하던
혈도는
수고한 해를 구멍 사이로 따스히 품어준다

어흥 하고 세방낙조가 떠나가게 울던 섬에 인사
용맹한 사자와 기암괴석이 지키는
용대도는
같이 놀던 해가 떠나가서 아쉽게 운다

오늘 하루 수고한 모두를 어루만져준 해는
사람들도 바다도
모두 붉게 물들이고는
저편 너머 떠나간다.

여가 진도여

낙
조

수평선 아래로 느릿느릿 저무는 해는
어둠 곳곳에 숨어 있는 주황빛을
모두 가져가려는 것만 같아,

두어라
조금 더 머물 거라
아니, 오래 그대로 있거라

동동 발 구르는 내게
느릿느릿 그가 말한다

걱정 마라
나는 아주 느리게 가고 있다
너는 주황빛을 충분히 오래 볼 수 있다
나는 내일도 이 빛을 그대로 가져올 것이니
너는 내일도 그 자리에서 가만히 바라봐 주거라.

김희영

여가 진도여

민병모

하늘 땅 바다가 어우러져 만든 절경
두 발로는 건널 수 없는 울돌목 바닷길
까마귀와 까치가 만든 은하수 오작교같이
육지 해남과 돌섬 진도가 인연 맺듯이
이어 놓은 진도대교를 훌쩍 건너뛰면
오목조목 자수 놓은 섬들의 행렬 여가 진도여

보물들이 가득 찬 만석 곳간 같은 곳
팔경과 삼보가 보물찾기라도 하듯
섬 구석구석 숨겨져 있어
말로는 도저히 다 형용할 수 없는 곳
직접 와서 눈으로 봐야만
실감이 나는 보배 돌섬 여가 진도여

풍부한 먹거리 지천으로 깔려있고
역사 유적지 곳곳에 흔적을 남겨놓아
그 발자취들이 숨을 쉬고 있는듯하니
우리 조상님들의 나라 사랑이
얼마나 위대했는가를 짐작게 하는
산교육 장소의 대명사로 불릴 여가 진도여

견우와 직녀처럼 칠석날 서로 만나듯
일 년에 한 번만이라도 와서 구경해 보면

양귀비에게 홀린 진시황의 마음을 알 것이여
그런고로 사시사철 발길이 북적일 수밖에 없는
아름다운 관광도시 여가 진도여
모두 어서 빨리 와서 살펴보랑께.

진도에서

파란 하늘 쏟아지는 예쁜 섬 하나
들판 가득 하얀 울금 꽃눈 내리고
푸르름 향기가 코를 찌르네
아침나절 따사로운 햇빛의 연주
고즈넉한 풍경 속 보금자리는
이름 없는 풀조차도 행복하여라
비릿한 바다 내음 남풍에 실려 오면
손잡고 걷는 포구길에서
사랑 가득 들려주는 풀피리 세레나데
저녁노을 발그레 그대 얼굴 비출 때
그대 손 꼭 잡고 바닷길을 걷는다
끝없이 펼쳐진 사랑길을 걷는다.

민병식

진도

진도야 진도야!
너는 무엇을 가지고 있니 ?

나는 용감한 진돗개랑
바닷속 친구들이랑
맑고 푸른 바다랑
들 푸른 산이랑
산속 초록 친구들이랑
드넓은 들판을
가지고 있어

진도야 너는 내가 좋아하는 것들을 가지고 있구나?
난 네가 정말 부러워!
우리 좋은 친구가 될 거야
진도야 사랑해.

박경민 ─ 목포연산초등학교

진도의 문

버려진 배에는
바다와 이어진 문이 있다

밀물지자 구멍 뚫린 갑판 사이로
소리들이 흘러나온다
짠 내의 가는 귀로 늙어 가니
짓눌린 것들이 스스럼없이 다가온다

갯벌이 건네는 뒷이야기
어부 피해 도망가는 물고기의 서러움
이런 낮은 음들은 아래로만 쏠린다

박덕은

썰물로 떠밀린
그 끝에 이르러서야
비로소 들리는 아픔

화산처럼 또렷이 터져 버린,
떼죽음 당하는 울분처럼 짙게 으깨어지는,
이윽고 날개 잘리어 떨어지는
저 소리들

갯바위는
몸에 묻은 소리를 파도로 건져 올려

여가 진도여

바닷속에 쌓아 두고

수평선에 지느러미 한 점 새기지 못하고
사라진 등대 불빛은
소리의 자궁에서 자라 따개비가 된다

천식 앓는 갑판 곁으로
섬의 썰물이 몰리자
느리게 바다의 문이 닫힌다

울음을 몽땅 쏟아낸 문은
따스한 염려로
겹겹이 깊어지고

따개비는
바다에 가슴을 둔 채
스담스담 소리의 등을 다독여 준다.

내 고향 진도

박상신

내 고향 섬마을 진도
가도 가도 끝없이 펼쳐진 수평선 끝자락에
얌전히 맞이하는 돌고래 모습으로
그저 묵묵히 지켜주시는 어머니의 품으로
뱃고동 감싸 안으시고
소리 없이 달래주시던 그 손길처럼
언제나 따사로운 고향 바다, 진도
육 형제 키우시며 머리 위 물동이 지워질 날 없으신
어머니의 삶
그 속에 영글어가는 세월의 무게들
통-통- 소리에 연기는 피어오르고
은빛 희망은 수증기 속에서 춤을 춘다
아버지의 깊어지신 주름 사이로
염분의 농도가 깊게 스밀 때
미소는 짓궂게 고통을 잊게 한다
누군가는 그 자리를 지킬 텐데
그저 바라보는 삶이 힘겹다
묶여 있는 부표가 답답하다
그저 흐르는 파도가 그립다

오늘도 불러본다
그리운 내 고향 진도여.

여가 진도여

신비의 바닷길

기센 호랑이가
진도마을을 뒤엎었다

노쇠한 다리에
도망을 가지 못한 뽕할머니는
혼자 진도섬에 남아 기도를 했다

'가족들 곁으로 가고 싶어요.'

그 목소리는 애절하고 또 애석해
진도의 마음을 울렸다

진도는 뽕할머니를 위한
단 하나뿐인 바닷길을 열어주었다

진도는 인간다운 섬이었다
할머니의 목소리를
귀담아들을 줄 아는,

바다에 떠 있는 섬이지만
뿌리 깊은 가족의 정을 아는,

그런
인간다운 섬이었다.

박성준 | 안성중학교

진도로 가리다

박세아

높은 햇살 한 모금
풀꽃 향기 한 모금
바닷바람 한 모금
더할 나위 없구나

파도는 노래를 부르리
진도 가히는 방울을 가져오리다
나는 절경에 앉아
님을 기다리고 있겠소이다

바다가 갈리면
이 섬 대지에 잠겨 있던
당신들이 새싹으로 나와
서로를 이어 주리다

먼 옛날 떠돌던 흙덩이도
단단한 돌멩이가 되듯이
나는 흙을 덮고
두드려 주리다

다리가 놓이면
언제나 만날 수 있게
파도에게도

여가 진도여

귀띔해 놓으리

돌담 내음 한 모금
울금의 황금빛 한 모금
구름의 속삭임 한 모금
풍년이 한가득이구나.

세방낙조

섬과 섬
봉긋이 솟은 가슴이
어머니의 품인 듯 그립다

긴 여정 풀어헤치며
그 품에 얼굴 묻으니
바다는 새색시마냥
온통 붉게 물든다

말없이 품어주는 바다를 안으며
하늘은 또 하나의 꿈을 꾼다

잔잔히 떠오르는 섬들의 꿈을.

박소연

여가 진도여

도
살
풀
이

박
연
철

내려놓아야지
이 슬픔일랑
춤추는 고요한 자태로
가만히 내려놓아야지

구슬프디구슬픈 노랫가락
무대와 공간 채우고 흔들리며

슬픔으로만 거니는 발사위
뒷걸음쳤다 느릿느릿 돌아오고

하얀 옷 푸른 멍 같은 조명
긴 타래 수건 감아 도는 연緣줄
한 오리 흩어짐 없는 쪽진 머리
하얀 비녀
멈추어 있는 혼령의 무늬

가락이 되고 율동이 되어
채워지는 무대
화신化身
그리고 별신別神의 묵언黙言

어두운 곳에서 나왔다가

어두운 곳으로 사라지는
내 어머니, 어머니의 어머니들의
아픈 어깨 가녀리고
누이들의 슬픔까지 거두어

넘어질 듯 쓰러질 듯

살풀이춤 추었으면
한일랑 내려놓아야지
한을 안고 떠나려느냐

또 어느 인생의 무대를
슬픔으로 어둠으로 밟으려느냐.

여가 진도여

진
도

참 밝소, 어찌 그리 웃음 짓는지 내가 기분이 좋소
오다가다 만나는 것도 인연인데, 좀 걸읍시다
풀 목이 끊어져도 나는 못 놓겠소, 이리 정이 많아서
홍주랑 운조리랑 먹고 해 지면 내 노래하나 해야겠소

남쪽의 낙원, 이름부터 어여쁜 동백꽃이 활짝 피었네
관매도에 올라 풍광을 맞자, 닻배타고 진도를 맞자

어여쁜 개야, 내일을 맞자
하루가 모자라게 지지 말고 피어나자.

박
형
기

진도의 노랫소리

박희원

고요한 울둘목에 앉아 귀 기울여
자갈의 노랫소리를 들어 본 적이 있는가?
따그닥거린다는 그 자갈의 소리가
내 귀에는 잘 들리지가 않는다네
가만히 귀 기울여 들어도 잘 들리지가 않아
자리를 떠 버렸지

진도의 고요한 길들을 따라가 보세
뿅할머니의 넋이 깃들여진 진도의 끝에서야
딸아이의 흥얼거려온 노랫소리를 들었지
노래 속의 전설은 저 섬을 무지개로 건넌다지
딸은 그 이야기가 옛날에 정말 있었다네
호랑이가 살던 시절에
믿을 수가 없었지

그 끝에 서서
무지개를 건너는 이야기를 한 보따리 듣고 나니
진도를 한 바퀴 돌고 나오는 울둘목에서는
따그닥 따그닥 그들의 이야기가 들리는 것이네
그렇게 들어 보고 싶은 소리
난 그렇게 믿지 못하는
시끄러운 삶을 살아온 것이었네
전설 속의 무지개다리가 나에게로 열렸네.

여가 진도여

진
도
의
향
기

백
영
철

오늘 바다를 스치는 것은
어제 지나간 그 향기가 아니다
그 누군가 알기 전 더 옛것의 향기가
수평선 앞 거대한 진도대교 위를 누르고 있는 것이리라

출렁이는 바다를 바라보니
가려진 섬의 깊은 안쪽 숨은 정情
따뜻하다 못해 뜨거운 정오의 태양처럼
드러난 아름다움을 두 팔 벌려 안으려니
형용할 수 없는 벅찬 내가 있다

진도珍島

세상에서 가장 아름다운 향좀과 정情이 있는
그곳 그 애틋함을 느끼며
얼마나 많이 바다와 섬을 노래하였던가

빛나는 밤이면
넓게 펼쳐지는 달과 별들마다 깃들은 의미들이
보는 이들의 마음 안으로 부서져 흩날려
모든 이들의 간절한 기대와 소망으로 싹트는
그 현장 그곳에서
나는 오늘도 바다와 섬을 스치는 새것의 향기를 맡는다.

세방낙조

서민경 — 도원고등학교

바닷길로
한발짝 한발짝
발을 내딛어봅니다

사그락 소리 내며
흩어지는 모래를 밟으며
어여쁜 홍주색으로
서로 부끄러워 붉어지는
하늘과 바다를 바라봅니다

저 멀리
보이는 사람들
미역 끌며
땀 훔치고
울금 캐며 소매 걷는
너와 나 반기던
그 사람들이 떠오릅니다.

여가 진도여

내 친구 진돗개

나는 진돗개를 좋아하고
진돗개도 나를 좋아한다

진돗개는 도둑이 들지 않게
우리 집을 지켜주고
나는 심심하지 않게
진돗개를 지켜준다

내 친구 진돗개는
없어서는 안 될 소중한 친구
우리는 서로를 지켜주는 보안관.

서예나

가 보고 싶은 진도

진도에 가보고 싶다
진도는 얼마나 예쁠까
무엇이 있을까

보석이 많을 것 같은 섬
진주가 반짝일 것 같은 같은 섬
진돗개와 해변을 달려보고 싶은 섬

인터넷이 아닌
진짜 진도 바다를 보고 싶다
진도의 바다는 얼마나 예쁠까

엄마! 진도 가자.

서
예
지

여가 진도여

운림산방으로 오시어요

서지은

정갈하게 씻은 청잣빛 다기 한가득
노오란 울금을 곱게 빻아
울돌목 차고 푸른 물에 말갛게 풀어
첨찰산 병풍에 첩첩이 발라놓고
겨우내 수줍게 물든 백일홍이
연인의 얼굴처럼, 단정히 피어오르고
한여름엔 이내 붉어진 배롱나무 한그루가
그대의 심연深淵에 남모르게 심겨지는

이곳,
연못에 가만히 가만히
기대어 앉아 보시어요

저 멀리, 세찬 비바람에 젖어버린
여러 걱정일랑 시름일랑
남도의 길고 너른, 푸근한 햇살 아래
넉넉히 풀어 널려 놓고
겹이어 몇 대를 붓을 들던
그 옛날 조선의 대가의 화실 한편에

그대,
가만히 가만히
꽃처럼 앉아 보시어요

바람결 따라 살랑대는 진돗개 강아지의
귀여운 꼬랑지 뒤꽁무니를 신명나게 쫓아
어린아이처럼 다다른 이곳에,
조석朝夕으로 그대의 걱정을 내일의 꿈으로 그려내어
새하얀 마음속 화선지 위를
춤추듯 검은 먹이 번지듯 쪽빛으로 수놓는
그림 같은 안개가 구름처럼 수풀을 이루는

이곳,
산방 드넓은 마당 위로
그대,
가만히 가만히 오시어요

진도아리랑 굽이굽이 울려 퍼지는
이백삼십 개의 작은 섬들의 이야기를
푸른 물 색동으로 물든 무지개 물감으로
그대, 곱게 곱게 물들이시면,
찐 보리쌀 누룩이 고소하게 둘러 익어
삼대 선약의 지초뿌리를 홀로 오롯이 통과한
귀하디귀한 새빨간 보석알 닮은, 홍주紅酒를
그대 오시는 쌍계사 언덕 어귀에
동백꽃 향 붉게 빻아 넣어,
비단치마 폭처럼 넓게 펼쳐 올리겠나이다

여가 진도여

얼어버린 시린 시냇물 사이가 햇살에 녹아드는
평화의 돌 징검다리 건너
새 희망의 씨앗 한 알 따스한 땅의 기운으로
나직이 움트는
여기 진도,
운림산방雲林山房으로

가만히 가만히
그대, 어서 오시어요.

조도 鳥島

새떼들 날개 펼쳐 그대로 섬 되었나
어미 섬 제 살 떼어 아기 섬 잉태했나
점점이 흩뿌린 이름 올망졸망 떠 있다

상쾌한 하얀 물살 밀려와 부서지고
고깃배 미끄러져 그 사이 오고갈 때
오붓이 모여든 웃음 풍경 되어 머문다

파도와 거친 바람 가만히 감싸 안고
풍부한 해산물들 살뜰히 키워내니
나그네 돌아갈 발길 세월마저 잊는다.

서희정

진: 진솔한 사람끼리 천년홍주 따라놓고

도: 도란도란 마주 앉았다.

아: 아근바근 살아온 섬 이야기 곰비임비

리: 이어가노라니 임진년 바람이 달을 에워싸며
강강술래

랑: 낭랑한 파도의 아리랑에 '커엉컹' 진돗개 짖는
소리 아득하다.

손
귀
례

84 / 85

진도에서 낙조 한잔

마음이 허할 땐

손은지

한반도 남쪽에 자리하고 있는 섬 진도

명량 대첩의 승전보와 노란 리본의 울분이
교차하며 오늘도 돌무더기에 사무치네

아는지 모르는지 갈매기는 하릴없이 울고
새벽녘 안개는 걷혔다 덮였다 반복하는데

속 이야기 듣고 싶어 바다 문 두드리노라면
기다렸다는 듯
서먹해진 진도와 모도가
그 깊은 속 낱낱들이 보여주는데
한국판 모세의 기적에 놀라움 금할 길 없다

너랑 나 마주 앉아
다도해 곁으로 낙조를 살포시 얹어
허한 마음속 아름다움으로 적셔 보리다.

진도에 꽃게가 만개하면

노을과 바다가 황홀한 입맞춤을 시작한다
따뜻한 노을빛에 일렁이던 파도가 춤을 춘다
이 윤슬에 나는 오늘도 몸을 적신다

붉은 빛깔 바닷물이 내 몸을 적시고
나 또한 이들과 춤을 춘다

갯벌엔 꽃게가 만개하고 노을은 바다에 잠긴다
한 줌의 가루비처럼 유순한 풍경
내 함초롬한 머릿결은 황홀한 낙조에 지며
나는 늘 그대를 눈으로 배웅하였다

눈 높은 그리미도 멈춰 바라보는 그곳
높이 날던 난 새도 멈춰 바라보는 이곳

나는 늘 품에 안고자
잦은 파도에 몸을 적시며 줄곧
해가 찬 하늘을 바라보았다.

송지호

진도야 우지 마라

신대식

진도야 우지마라
많은 전쟁 거차도
동거차도 서거차도
서로가 힘들어도
함께 하고 있잖더냐

진도야 우지마라
외병外病도 내병內病도
아프려만 하지말고
신의도 병풍도
가지려만 하지마라

진도야 우지마라
중국의 그 관사官紗도
빛을 잃을 그 바닷길
백제부터 이어오던
진도珍島라 아니더냐

진도야 우지마라
함께 돌며 강강술래
풍년 보자 들노래
갱생하려 씻김굿
구슬퍼라 다시래기

여가 진도여

진도야 우지마라
네 슬픔을 보듬어줄
가사佳詞도 빚어내어
네 슬픔을 기억해줄
가사佳士들이 있잖더냐

진도야 우지마라
금호金壺도 흘러가면
네 품 안에 안길 것을
잊으려만 하지 말고
슬프려만 하지 마라.

진돗개

신복동

사대四大

큰 머리로
험상한 맹수를 제압하는
위엄으로 영리하고

민첩한 몸놀림으로 뛰어
사냥물을 낚아채는
크고 늘씬한 매력의 다리

몸의 중심을 바로 하여
어떤 힘에도 넘어지지 않고
오뚝이처럼 당당히 견디며
물러남이 없는 굵고 우람한 큰 꼬리

생명과 힘의 원천인 짱짱한 항문
그래서 인가 지칠 줄 모르는 끈기로
주인을 향한 충성심의 노래가 우렁차다

삼소三小

무엇이든 한 번 보면 집중으로 놓치지 않는
매서우면서도 예쁜 눈

여가 진도여

임금님 귀는 당나귀 귀라고 하지만 모든 것 다 잊고
주인의 소리만 듣고 따르겠다는 듯
스스로 작아진 삼각 귀

욕심과 탐욕을 모두 여읜 듯한 단정하게 짧은 입
황구 백구, 흑구, 호피구

이 모습 이대로 조화를 이룬
멋지고 당당한 일편단심 애틋한 충성
임 향한 삼별초의 나라 사랑
변절 없는 지조를 닮았는가 보다.

그
때

별들이 머문 아래
어둠이 내려앉아
너를 가릴 때에

바람이 지나간 곳
차가운 온기 남아
점점 식어 갈 때

물방울 모인 자리
점점 더 깊어가며
내가 잠겨 갈 때

안
재
욱

파도가 치는 곳에
우리가 함께 남아
편안히 잠들 테니

걱정하지 말아요

달빛이 어둠을 비추고
촛불이 온기를 더하고
눈물이 파도를 잠재워

우리는 함께 남아

여가 진도여

편안히 잠들 테니
슬퍼하지 말아요.

눈부신 바다

우덕호

왜바람 뒤엉킨 해변을 향해
몇 날이고 몇 날이고
목쉰 울음 토해내던 바다가
긴 뒤척임 끝에 맞이한 금빛 햇살 속
마침내 골 패인 주름살을 편다

이제 또다시 바다는
푸르게 속살대는 언어들을 껴안고
출렁이는 물결 속에 은빛 날개 퍼덕인다

꿈을 좇아가는 걸까
정박한 고기잡이 뱃전에 앉아
다단조의 울음 흘리던 갈매기 몇
그물 던지러 가는 고깃배 뒤를 따라
어디론가 훨훨 날갯짓하는데

파도 잔잔히 부딪는 방파제 끝
먹이 찾다 잠시 숨 고르는 바닷새가
덩치 큰 어선이 일으키는
하얀 물보라를 물끄러미 바라보다
이내 먹이 쫓아 수면을 헤집는다

멀리 등대 너머 여객선 크루즈가

여가 진도여

수평선 가물희 고동소리 뱉어내고
어디서 오는 연락선인지
오랜 항해의 고단함 때문일까
나른한 오후의 항구에 안도하듯
입항의 뱃고동 나직이 부려 놓는다

저 끊임없이 펼치는 항해 속에
우리들 환한 삶이 녹아 흐르는
아, 진도 눈부신 바다여.

백
구

백구야 너를 보고 있으면
먼 곳에서 신비로운 바닷길이 열리는 소리
태양이 섬과 섬 사이로 수줍게 눕는 소리
밀려오는 파도가 실어오는 명량의 함성 소리
오래 전해 내려오는 진도의 소리가 들려와

백구야 너와 귀 기울이며
그리운 소리 찾아가는 여행길
오밀조밀 발자국 따라 성큼
쿵쿵 울리는 진도의 소리.

윤
재
희

여가 진도여

노란 리본을 내려놓으며

팽목항 갈매기 구슬프게 울던 그날
진도 앞바다에 헤엄치던 어린 넋
지금쯤은 보고픈 부모 형제 잊었을까
잊어도 못 잊어도 가슴에 멍으로 남아
그날의 비명까지 귓전에 생생하네

지난날 못다 들어준 모든 일이
하나둘 가슴에 못이 되어 돌아오고
가지 못하기에 볼 수 없는 안타까움
그 길이 언제나 아름다운 꽃길이라면
그나마 한시름 놓을 것도 같지만

꿈에도 생시에도 그리운 얼굴인 것을
외침으로 눈물로 호소하며 그려보려도
이제는 목이 쉬고 눈물도 메말라버렸네
그 자리에서 머물지 말고 극락왕생하여
부디 행복하여라 언젠가 만나리라.

윤주동

누렁이, 흰둥이 진돗개
꼬리 치켜 올린 늠름한 모습

신비의 섬 진도를 닮았나?
멋들어진 진도의 인심을 닮았나?

늘 한결같은 충직함에 반하고
용맹함과 영리함에 반하다

진도의 마스코트 진돌이
반갑게 인사함에 사랑스럽다.

윤형선 │ 서울장안초등학교

진돗개

저 멀리 팔려 가도 한밤중 찾아오니
돌아온 그의 모습 뼈 가죽 앙상하고
일곱 달 기나긴 세월 귀소 본능 빛난다
그 개의 주인이던 박복단 할머니가
충성심 품어 안아 반겼던 백구 동상
사람도 지키지 못한 오륜 지켜 사는 개.

이동화

진도

이수진

먼 곳에서 깜박이는 등불
끝없이 퍼져가는 메아리에
젖은 가슴 말리고 있다

해풍이 부는 방파제
바닷길 열리는 축제에
초저녁 별들이 떴다

붉은 외침이 전시된
대첩해전사와 기념전시관
역사는 불빛에 환하다

섬과 섬 사이 다도해는
짙게 드리운 천년의 빛에 물들어간다

타워에서 내려다보는
달을 품은 진도대교
정결한 몸짓으로 빚어낸다

이순신 장군 동상은
근엄한 자태로 서서
굽이치는 물살 디디고 일어난다.

여가 진도여

진도 세방낙조 전망대

진도 세방낙조 전망대에서
봉긋 거리고 아장아장 뜨는 해를
나는 아기라 부른다

있는 듯 없는 듯
하루 종일 떠 있는 해를
일하느라 바쁜 중년이라 부른다

질 때 더 찬란해지는 세방낙조를
한 인생 살아내며 많은 이야기
담고 있는 중후한 어르신이라 부른다.

이윤정

먹구름은

이하현 | 금마초등학교

먹구름은 세월호에 탄 오빠가
기분이 우울해 그런 것

구름 사이로 비치는 빛은 세월호에 탄 언니가
엄마 보고 싶어 그런 것

비는 세월호에 탄 동생이
무서워 우는 것

파란 하늘에 떠 있는 구름은
이제 모두가 과거에 있던 일을 잊고
희망을 가지라는 것

세월호 하면 모두가 노란색을 떠올리는 이유는
언제나 행복하라고 전해주는 메시

그러나 중요한 것은
그들이 언제나 당신 옆에 있다는 것.

진도가 보배여

이현정

'내 마지막 소원이
진도 바닷길 가보고 싶은 기라'

무심히 스쳐버린 말씀이
봄날 산등성이를 돌아
메아리 되어
가슴에 꽂혔다

자동차 불빛을 등대 삼아
희뿌연 안개바다 헤치고
아슬아슬 목포대교 건너서
섬마을 입성하였더니

몽유진도 발길 닿는 곳마다
다도해의 아름다운 절경
곳곳마다 무수한 이야기가
절절히 녹아 있고

오는 이 발목 잡고
가는 이 손 흔들며
구구절절한 사연
동백 꽃잎에 담아 본다

바닷속 깊이 패인 설운사연
정성스레 엮어
노란 나비 날개 위에
살포시 얹어 두면

잘 가라는 휘날림을
바람에 실려 보내고
아픔이 치유되어
희망의 꽃 피어나네

바닷길 갈라진 사이로
알록달록 인산인해
뽕할매의 치맛자락에
진도가 용트림한다

여가 진도 맞제?
참 보배다
진도가 보배여.

여가 진도여

하조도 등대

동해바다 끝에서 서해바다 끝까지
들을 지나 강을 건너 산을 넘어 줄을 매어본다
수평선, 수직과 수평이 만난 교차점은 중심이다

백두산 꼭대기와 조도 꼭대기에
붉은색 파란색 깃발 꽂고 금을 그으면
똑바로 기울지 않은 수직의 기둥 하나의 등불

맨 끝과 맨 끝, 변방 그 끄트머리에서
조도군도로 흘러드는 가장자리의 중심
그곳이 중심이 되는 만물상 바위다.

임현택

세방낙조
적요의 찬란함에 대하여

장순덕

오밀조밀 떠 있는 섬들의 둘레를 재고
파란 하늘을 오려내어
기상예보를 마름질하는 다도해

하늘 한 자락, 저물녘 해면의 주름 폭을 주시하고
물때를 가늠하여 재빨리 잿빛 어망을 투척한다

어스름을 찢고 튀어 오른
황금빛 물고기 한 마리
까마득히 긴 꼬리 파닥이며
오색의 아가미 해무 위로 숨을 헐떡인다

세월에 흩어지는 것이 어디 구름뿐이랴
벼랑에 떨어지는 것이 어찌 절망뿐이겠는가
손 발가락 섬, 사자섬, 공도의 구멍 사이로
빨려 들어가는 장엄한 등신불

최남단 세방낙조, 홀연히
그대가 떨구고 간 적요의 찬란함으로
내일의 진도는 다시 태양이 떠오른다.

여가 진도여

연분홍 꽃비 휘날리며 고운 속살 피우는
꽃바람 이리저리 봐도 한 폭 수채화처럼
속삭임에 떨리는 가슴 그윽한
둥그렇게 휘어진 무지개로 바닷길 축제로
봄 마중이구나

아름드리 솔숲에 달구어진 욕망
단숨에 식혀줄 파도가 넘실거리며
외로움의 백사장 모래와 속삭이는
관매해수욕장에서 지치도록
여름 만끽하구나

장
헌
권

고즈넉한 쌍계사에서
아기단풍 꽃 물 드는 수줍음에
소스라치는 풍경소리
그리움에 사무치는 간절함에
붉디붉은 단풍잎 한 장 주워다가
낙엽편지 쓰는
가을 시인이구나

바람도 잠자는 매서운 시간
가지 끝 대롱거리는 이파리 하나
찬바람에 보고픔 달래면서

하얀 눈 나목에 살포시 걸터앉아
운림산방에서 몸 녹이면서
시와 글과 그림에 취해
겨울 사랑이구나.

여가 진도여

정민기

진도 할매가
고흥 할매를 진도로 초대했다
여가 진도여 여가 워디여?
여가 바로 진도랑께?
아따, 거스기 텔레비에서 본께
그 머시기,
진돗개가 울금을 파서
묵어버리던디?
응, 그 욕쟁이 진도 할망구가
바로 나여,
그때였다,
진돗개 진돌이가
진도 할매 집
마당으로 들어왔다
진도 할매와
고흥 할매가 거의 동시에
"이놈의 시키야, 그 귀한 울금을"
진돗개가 짖는다

'이놈의 할망구탱이야
그때 울금 도둑개는 나가 아니여,
나가 아니란 말이여,
내 마누라 진순이가 그랬단 말이여'

용구름 안의 진도

정혜교 ─ 인천가현중학교

누워서 하늘을 볼 때면,
항상 용구름 속에는
진도가 있다고 생각하였다

새벽을 지새우고
해가 눈을 뜰 때쯤

작은 아기 강아지 백구가
'월월'
하며 햇살에 눈을 떴다

밤새 고개를 푹 숙이고 있던 나무들도
하늘에게 반갑게 인사하고

투명함을 뽐내면 바다도
이제는 햇살에 비쳐 반짝거리는
아름다움을 뽐낸다

우리들의 상상 속에만 있던
용구름 속의 섬이 실존한다

용구름 안의 진도.

여가 진도여

섬에게

너는 좋겠다
우리나라 남쪽 끝
아름다운 바다 냄새 맨날 맡아서

너는 좋겠다
전복, 새우, 돌김, 울금
바다 향 맛있는 먹거리 가득 품고 있어서

너는 좋겠다
우리의 영웅 이순신 장군
늠름한 용기 지키고 있어서

그래도 힘내라
언니, 오빠들 먼 길 떠나는 마음
슬픔 대신 따뜻한 위로 보내줬으니.

조가율 — 대구경대사대부설초등학교

운림산방 雲林山房에서

주영선

가을은 또 그리 가고
겨울이 살포시 내려앉더니
봄바람 타고 세상 밖으로 길을 나선다

질펀한 갯내음과
아리랑 가락이 어우러진 남도 삼백 리
낭만과 꿈이 살아 숨 쉬는 예술의 고장
진도 첨찰산 기슭 아래 그곳에 가면
조선의 마지막 불꽃 추사의 제자
소치 선생 예술혼이 춤을 추던
운림산방이 터를 잡고
정원 연못 가운데 외로운 섬 하나
배롱나무 한 그루
외롭게 남종화의 맥을 지키고 서 있다

산사의 고즈넉한 풍경 소리 모든 것을 휘젓고
전설 속의 옛이야기
하나둘 뛰쳐나와 두런두런 속삭인다

병풍처럼 둘러싸인 계곡 사이로
흐르는 묵향이 내 마음에 들어와 먹빛으로 물드니
영혼의 향기 그 맥을 이어
희미한 여백에 마지막 태점을 찍고 싶다.

여가 진도여

만가
挽歌

채현수

푸른 물 빠진
어둔 뻘, 질퍽한 옆길로
오색 상여 들쳐메고
터덜터덜 걷는 이들

에헤 에헤
못 가겠네 안 갈라네
서러워서 못 가겠네
구슬픈 눈물 섞어
어깨 눌린 회색걸음 모여 간다

아재요 아재요
오색 끈 상여가 무거워
땀인지 눈물인지 가득하오

아재요 아재요
하얀 천 날리는
나무 끝에 아재 눈물 걸리었소

아재
혼자 아닌
함께 가는 길

인제 목메던 울음 대신
우리 입가에
무지개 닮은
반달웃음만 갖고 가소.

여가 진도여

울지마, 진도야

철썩철썩 바다 우는 소리에
놀라 짖는 진도개 한 마리

어느새 밀려온 파도가 토닥토닥 달래줍니다
'우는 네 맘 나도 안다고.'
'세월호 잃은 그 아픔을'

파도는
서러운 그 바다를

포근한 물결로 자꾸자꾸 감싸줍니다.
바다의 눈물을 자꾸자꾸 쓸어냅니다
그리고
속삭입니다
'앞으로 좋은 날만 만들자고.'

최그림 ─ 금당초등학교

너의 동백

최선웅

이제야돌아오는구나
백구야

동백을좋아하던
너의어린시절은
내가슴속에
나무가되었다

같은눈을가진
어린백구들은
붉은꽃을보며
하염없이뛰노는구나

따뜻하게덮인
잔디이불옆에
너와닮았던동백을
심어놓는다

눈으로뒤덮인
내마음속에
너의붉은꽃이
활짝피는구나.

여가 진도여

아리랑 이방인

길을 걷다 들려오는 구슬픈 아리랑 한 곡절
그 곡절 끝, 묻어져 오는 고향의 향기를 느끼며
발걸음을 멈추고 눈을 감아본다

진달래꽃이 피어있는 약산동대
듬직한 백구의 구름 같던 모습
그 앞에 외로이 서 있는 어떠한 옛집

술잔을 가득 채운 홍주 한잔은
내 마음 뒤흔든 옆집 아낙의 붉은 치마처럼
내 가슴을 일렁이고

최영조

비우자 하며 내신 들이켰던
흰 잔엔 봉숭아물처럼 붉게 물든 자국이
씻어내도 지워지지 않는구나

어릴 적 들려온 뽕할머니의 전설은
어느덧 내 고향 앞바다 파도처럼
이제 내 얘기가 되었음에

어설픈 것만이 죽어간다
나는 지금 이곳에 남겨진 단 하나의 이방인
슬픔으로 하여 나의 마음은 오갈 곳 없고

이제는 모든 기쁨에서 슬픔을 마시며
모든 술에서 독을 마시고 있네
오직 나만이 내 고향 아리랑을 알지 못했노라

이제 그만 문경 고개 넘어 돌아가련다
낮은 곳에서나 높은 곳에서나
영혼이 깃든 마음을 기르던 그곳에 돌아가련다.

여가 진도여

굳세어라 돌섬아

해풍을 이겨낸 귀한 돌섬아
항에서 기다리는 이들을 대변하듯
진돗개 울음소리가 섬에 만연하구나
매해 계절은 반복되어
바닷길은 열리고
진도의 봄은 돌아오지만
돌아오지 않는 것들도 있구나
그래,
돌아올 수 없는 것들도 있지만
다가오는 계절에도 너는
붉은 동백을 섬 만연에 피워내며
그리움을 위로해주는구나
고맙구나,
그러니 늘
굳세어라 돌섬아.

최진영

놀다 가소

한종민

밀려오는 낯선 행렬에
개는 경계하며 울부짖는다
더 이상의 슬픔을 주지 말자
익숙한 손길에 멈춘 울음을
누군가의 흐느낌으로 이어진다

시간의 흐름이 무색하듯
반겨울 이 없어 날아온 파리에
그래도 너는 찾는구나
쫓아내려다 멈춘 손길은
횟집 주인의 한숨이 길다

옛 향수에 취한 어느 10월
발길 따라 도착한 그 추억
게 한 접시 먹어보이소
싹싹한 여주인의 호탕함에
사내는 작게 미소 짓는다

흥겨운 가락에 몸을 들썩이며
홍주 한 잔에 슬픔을 비워내자
놀다 가소 놀다가 가소
취한 듯 덩실대는 인파 위로
달빛이 햇귀마냥 스며온다.

여가 진도여

사월의 바닷길

허남기

오래전 그녀로부터
신비의 바닷길이 열려
뽕 할머니를 기다리는
빛 터인 물결을 거두는
진도의 바닷속으로 가자

그렁그렁 봄비 내리는
4월의 바다를 접어내린
꾸부정한 길을 따라
소금 향 그윽한 물이랑 위
진즉에 마중 나온 물결에
신이나 날개를 펼친다
고샅길 언저리를 수놓은
유채꽃 가득 핀 그곳에
해마다 봄빛이 아련하다

물길을 접어 펼친 신비와
천년을 달아맨 출렁이는
바닷물에 생의 끈을
비우고 또 비워 연결하고
지나치기 쉽지 않은 오늘
바다 향 가득 채우는 날
그 길에 서광이 몹시 탐스럽다.

구슬 같은 섬 하나

허인무

조국의 서남단에 보배로운 섬 하나가
첨찰산 푸른 정기 다도해를 거느리고
온 누리 번지는 자랑 꽃물로 와 앉는다

봄가을 그 논밭에 김을 매는 남도 자락
시름도 만 갈래면 노래 속에 기름지고
저문해 재촉하는 날에도 바쁜 줄을 모르네

쌍계사 새벽 종소리 별무리도 숨죽이고
운림산방 환한 둘레 짙은 묵향 고였는데
사천골 뻐꾹새 울음 고향 봄을 재촉은다

포효하는 울돌목엔 왜병들의 절규소리
명량대첩 환호성에 뱃고동은 울리는데
덩그런 연륙대료는 하늘문을 열었다

회동과 모도 사이 이은 바다 십리 길에
뽕할머니 애원으로 꽃길이 활짝 열려
현대판 모세의 기적 내 고장이 세계로 알렸네.

운림산방

첨찰산에 안개 드리우니
어머니 젖가슴 되어
연못을 안고 있다

상록수림은 삼림욕 거듭나고
초가집과 돌담은 옛정 되어
소치 선생 불러온다

배롱나무 붉은 얼굴 연못에 부비니
보름달 백련 꽃 다가와
웃음으로 반긴다

홍기선

소나무 아래서 낮잠 보듬고
약수 물 소리 귀 기울이면
새소리 어깨에 앉는다

초록 초록한 색상은
처마 끝에서 붓을 세우니
시서화로 답을 한다

이백 년 똬리 틀어
나그네 걸음 멈추게 하는 곳
진도의 명물로 탄생하여
또 다른 세계로 안내한다.

운림산방

홍영수

운무에 자오록이 덮인, 첨찰산
그리메에 포근히 안기어
묵향으로 피어난 남화의 탯자리
배롱나무 우듬지에 맺힌
묵신墨神의 얼은
연못 물비늘에 나울나울하고
발묵한 연잎 위에
진도아리랑 가락이 번져갈 때
갈필의 붓끝은 비수처럼 번듯번듯하다

대를 이어온 화풍의 맥은
구름 숲속에 맥맥이 흐르고
동다송을 꼴마리에 차고 온 초의와
세한도를 허리춤에 동여맨 추사의 혼이
아슴찮게 들명날명 하는 운림각
이곳에 들어서면
비운 가슴은 화선지가 되고
한 올의 머리카락은 붓이 된다

먹 가는 소리가
사천리 바람살에 뒤울리며
진도의 뼛속에 골수로 맺힐 때
남종화는 회화의 주옥편이 된다.

여가 진도여

선정의 글

제1회 진도사랑 시詩 공모전 '여가 진도여'에 많은 분이 원고를 보내주셨습니다. 〈도서출판 북산〉에서 주최하고 〈진도군〉에서 후원하는 이번 공모전은 진도의 문화와 자연의 아름다움을 알리고, 세월호에 대한 기억을 위로하려는 취지를 담고 있습니다. 첫 회였지만 많은 분들이 응모해 주셔서 더욱 뜻깊은 공모전이 되었습니다.

이번 공모전은 지난 6월 15일부터 10월 31일까지 진행했으며 총 386편이 접수되었습니다. 이 중 대상 1작품, 최우수 1작품, 우수 3작품, 장려 4작품, 입선 72, 초대작 1편을 선정했습니다.

대상 수상작은 진도 어민들의 바다 내음 가득한 삶의 풍경을 담은 김회권 씨의 〈진도 벌포마을〉이 선정되었습니다.
최우수상은 진도의 푸근한 품과 정겨운 정취를 담고 있는 이호철 씨의 〈여그가〉가 선정되었습니다.
우수상에는 진도의 진한 사투리와 넉살이 가득한 강은아 씨의 〈잘 놀다 가쇼잉!〉, 진도의 바닷길을 열어주는 뽕할머니께 세월호 학생을 부탁하는 신화영 씨의 〈여가 진도여〉, 소박하지만 온기 가득한 진도의 풍경을 담은 박지혜 학생의 〈풍요의 고향〉이 선정되었습니다.
장려상에는 갯벌에 나간 주인 할머니를 기다리는 백구의 마음을 담은 백경규 씨의 〈백구의 하루〉, 세월호 학생들을 기리는 마음을 노란 민들레에 비유한 안현용 씨의 〈노란 진도에 분 민들레 씨〉, 고향에 대한 따뜻한 기억과 바닷가의 정취를 담은 전대산 학생의

〈내 고향 진도〉, 노란 리본이 가득한 팽목항의 슬픔을 위로하는 최지아 씨의 〈거기, 너 진도여 잘 있었는가!〉가 선정되었습니다. 이번 공모전에는 초·중·고교 학생의 응모작도 많았습니다. 입선작 중에 김해린 〈진도의 노을〉, 김민서 〈이순신 장군〉은 아이다운 상상력과 함박웃음이 피어나는 경쾌한 시로 진도의 모습을 담아냈고, 권민혁 〈진도의 수호자〉, 윤형선 〈진도의 마스코트 진돌이〉는 진돗개에 대한 깊이 있는 관찰과 생각을 들여다볼 수 있었으며, 이밖에도 학생들의 우수한 작품들이 응모되었습니다.

심사를 맡은 심사위원들은 "응모한 작품들 모두 진도에 대한 소중한 추억과 바람을 담고 있는 우수한 시가 많았다며, 진도의 멋과 삶 속의 모습을 다양하게 그려낸 시를 읽을 수 있어 즐거웠고, 세월호에 대한 기억 또한 희망으로 바꾸어나길 간절히 바란다"라고 심사 소감을 전하셨습니다.

당선되신 분들 모두 축하드리며, 아쉽게도 수상하지 못한 분들에게는 격려와 응원을 전합니다. 이번 공모전을 후원해주신 진도군과 시작부터 끝까지 관심을 가지고 애써주신 진도군 관계자들께도 깊은 감사를 드립니다.

도서출판 북산 편집부

진도사랑
시
공모전
2018

부록

여가 진도여! _ 진도 홍보 웹드라마

보배섬 풍류 생생유람 진도별곡 _ 진도 기획 공연

여가 진도여!

기획	박윤희, 장완복
프로듀서	박윤희
극본	이미은
감독	장완복
제작	엠컨텐츠, ㈜스타트업미디어

* 기획의도

천혜의 자연경관과 정겨운 남도문화를 지닌 예술의 고장 진도.

기존의 홍보영상들이 주로 진도가 가진 자연적, 문화적 자원만을 소개했다면 본 기획물은 **'마음의 평화와 안식을 주는 고향 같은 진도'**라는 콘셉트를 가진다. 부모를 봉양하는 마지막 세대, 자식에게 부양받지 못하는 첫 세대라는 웃지 못할 수식어를 지닌 이 시대 5~60대 중장년층에게 진도에서 경험하게 될 작은 위로와 기쁨을 소개하고 문화적 가치를 지닌 진도의 매력을 알려 지역문화 및 경제 활성화를 도모함은 물론 문화 관광 도시로서의 미래성장 가능성을 제시하고자 한다.

* 등장인물

최현태   64세, 서울 출생. 태주, 홍주의 아버지. 유쾌하고 젠틀한 이미지. 어릴 적 초등학교 교사였던 부친을 따라 3년여 진도에서 유년기를 보냈다. 40대에 일찍이 상처했지만 평생을 한눈 안 팔고 남매 둘 키우며 열심히 살았다.

우리시대 평범한 아버지들이 다 그러하겠지만, 두 남매에게 '엄마 없이 키운 자식'이라는 소리 듣지 않게 하려고 부단히 노력하며 자신보다는 '아버지'란 이름에 충실하며 살았다. 그의 나이 64세, 아내도 없이 아들딸 다 키워놓고 이제 겨우 내 인생을 즐겨볼까 했더니 병마가 남은 인생을 앗아가 버렸다. 간암 말기 3개월 시한부 인생을 선고 받고 친척도 친구도 하나 없는 진도에서 남은 생을 보내기로 작정한다.

최태주   33세, 현태의 아들. 증권회사 대리. 스마트하고 샤프한 이미지.

현태의 아낌없는 사랑과 지원으로 배울 만큼 배우고 부족하지 않은 삶을 살아왔다. 아버지를 사랑하지만 아버지의 희생은 부모로서 당연한 거라 여기며 살아왔다. 명문대 경영학과를 졸업하고 증권회사 대리로 잘 나가고 있는 그에게 아버지의 죽음은 슬픈 일이지만 그렇다고 어린 나이도 아니니 크게 아쉬운 일도 아니다. 오히려 이 바쁜 세상에 한 번 찾아가기도 힘들게 먼 진도에 정착한 아버지가 원망스럽다.

최홍주   28세, 최현태의 딸. 여행관련 파워블로거. 발랄, 상큼한 이미지.

엄마의 부재에 대한 아쉬움이라도 느낄까 자식들에게 공들였던 아버지 덕분에 무한긍정, 밝고 유쾌한 성격을 가졌다. 애교와 웃음이 많고 속도 깊고 아버지와의 애착관계도 아주 좋다. 아버지에게서 아버지의 유년기 진도에서의 추억을 자주 들어왔기에 진도가 고리타분한 시골 섬이라기보다는 정겹고 로맨틱한 곳이라 생각한다.

그 외 토요민속여행 상설공연 출연 배우들, 요양원 간호사, 의사

… 중략 …

S#8. 진도향토문화회관 / 낮
멀리 진도향토문화회관 건물 보이고 다정하게 아빠 팔짱끼고 걷는
홍주, 한 걸음 뒤에서 걷고 있는 태주 뒷모습 보인다.
진도향토문화회관 명판 보이면

태주   (못마땅한 듯) 진도향토문화회관? 여긴 또 뭐 하는 곳이래?
        너 설마 고리타분하게 국악, 판소리 이런 거 보려는 건 아니지?
홍주   어허! 잘 알지도 못하면서 그런 편견을! 이게 아무 때나 볼 수 있는
        그런 공연이 아니에요! 토요일에만 겨우 볼 수 있다구!

공연장 올라가다가 바위 발견한 홍주 멈춰 선다.

홍주   어? 오빠! 이거 좀 봐! 이 바위 뭔가 로마 진실의 입 닮지 않았어?
        진도 진실의 입인가?
태주   (바위에 관심 보이며) 음… 그래 좀 신기하게 생겼네…
        (아까와는 다르게 기분이 풀린 듯)우리 여기서 사진 한 장 찍을까?
홍주   (카메라 꺼내며) 좋지!

홍주, 태주 앞에 서면 두 남매 뒤에 서는 현태. 팔 길게 뻗어 셔터
누르는 태주.

S#9. 진도향토문화회관 공연장 / 낮
무대에서 공연 진행되고 … 객석에서 공연 관람하는 홍주와 태주,

현태

공연 끝나고 배우들과 기념사진 찍는 홍주와 태주. 뒤에 현태.

S#10. 진도향토문화회관 공연장 앞 / 낮

태주, 홍주 공연장 앞 계단 내려온다. 뒤에 현태 보이고.

홍주	공연 진짜 괜찮았지? 그치 그치?
태주	응. 그 진도씻김굿이랬나… 그게 좀 인상적이더라.
홍주	얼? 뭘 좀 아는데? 그게 진~짜 유명하대.
	진도에서는 상을 당하면 그 굿을 해주는 게 풍습인데
	인터넷에 동영상이 있을 수는 있지만 직접 보기는 진짜 힘든 거지.
	(생색내며) 오빠 오늘 아빠랑 내 덕에 진짜 좋은 구경 한 거야!
태주	짜식, 생색은! 진짜 소릴 몇 번이나 하는 거야?!!
	알았고! 담 목적지는 어디야?
홍주	음… 진도에 갈 데 진짜 많은데…
	운림산방도 가야 되고 진돗개 테마파크도 가야 되고 진도낙조도
	봐야 되고 진도파전도 먹어야 되고…
태주	(못 말린다는 듯) 알았다, 알았어! 그래! 오늘 최대한! 진도에서 할 수 있는 건 다 해보자!

… 중략 …

S#16. 바닷가 벤치 / 낮

바다가 보이는 벤치에 태주, 홍주 나란히 앉아있다. 현태는 없다.

홍주	(사진 바라보며) 오빠, 그거 모르지?
태주	(말없이 쳐다보면)
홍주	아빠 작년에 간암말기 3개월 선고 받고 진도 내려 오셨을 때…
	오빠 그때 미국 연수가 있어서 나 혼자 아빠 봤었잖아.
태주	그래, 그때 혼자 감당하게 해서 정말 미안했다…
홍주	아니, 그런 말이 아니라… (잠시 침묵)
	그때 아빠가 남은 생은 진도에서 보내고 싶다고, 죽어서도 여기 있
	고 싶다고 하셨을 때 나 정말 아빠 이해 못 했다? 여기가 뭐라구…
	고향도 아니고 아는 사람이 있는 것도 아닌데…

S#17. 요양병원 병실 / 저녁 해질 무렵 (회상)

병실 침대에 앉아 창밖을 바라보고 있는 현태. 손에는 책 한 권이
들려있다.
홍주 물주전자 들고 들어온다.

홍주	아빠, 뭐해요?
현태	음… 그냥… (책 사이에서 사진 한 장 내밀며) 지금쯤
	바다 가면 낙조가 진짜 멋지겠구나 싶어서…

홍주 사진 받아보면 낙조 배경으로 현태와 생전 아내가 함께 찍은
사진이다.

홍주	엄마네요?
현태	응, 니 엄마가 여기 낙조를 정말 좋아했지. 대학 때 엄마랑 처음 만
	났던 곳도 여기였고.

여가 진도여

홍주	(사진 보다가) 이건… 언제예요?
현태	니 엄마 죽기 전 마지막 여행.
홍주	음… 아빠는 엄마랑 추억이 많아서 진도가 좋으신 거예요?
현태	(추억에 잠긴 듯) 글쎄다…. 그냥 여기 있으면 마음이 따뜻해진달까….

어릴 때… 할아버지, 할머니랑… 느이 할아버지 다니시던 초등학교 관사에 살던 때도 생각나고… 늬 할아버지가 (사투리로) "여가 진도여!"

어설픈 사투리 흉내 내서 한참을 웃었던 것도 생각나고… 할아버지 돌아가시고 동네 어르신들이 씻김굿 해주던 것도 생각나고… 대보름날 동네서 강강술래 구경했던 것도 생각나고… 3년도 채 안 살았는데… 아빠한텐 여기가 꼭 고향같으네…

(창 밖 하늘 보며) 죽을 때가 가까워지면 황홀한 진도낙조가 더 아름답게 보인다던데… 오늘 가면 진짜 멋진 낙조를 볼 것 같아서…

홍주	(안타까운 듯) 아빠….
현태	홍주야, 아빠 부탁 하나 들어줄래?
홍주	?
현태	아빠 가거든 여기 추모관에 수목장 해줄래? 늬들은 명절이고 제사고 다 필요 없고 그냥 날 좋은 날… 바다 보고 싶은 날, 근사한 낙조 보고 싶은 날 소풍 오는 것처럼 도시락 들고 아빠 보러 놀러 와. 기분 좋게!

아빠 그거면 돼.

S#18. 수목장 추모공원 / 낮 (#7 연결)

홍주, 아침에 진도대교에서 태주와 찍은 사진 나무에 걸어주는데

나무 앞에 "故 최현태의 묘" 명패 보인다.

태주   그건 또 언제 준비한 거야?

홍주   아까 펜션 도착했을 때 앞에 사진관 보이길래… 아빠 주려고 뽑아 왔지!

태주   (홍주를 측은히 보는)

홍주   (나무 쓰다듬으며) 아빠! 아까 진도대교 앞에서 오빠랑 찍은 거예요. 아빠 맨날 우리 보고 싶을 거 아냐… 옆에 두고 보시라고…
<u>#7과 같은 대사지만 분위기는 다르게</u>

S#19. 세방낙조 전망대 / 저녁
세방낙조 전망대에서 일몰 바라보며 선 태주와 홍주의 뒷모습 보이고

홍주   와! 낙조 좀 봐! 진짜 이쁘다!

태주   여기 낙조가 우리나라에서 제일 근사한 낙조래!

홍주   (태주 치켜세우듯) 오올~ 조사 좀 했나 본데? 맞아! 진짜 멋있지? (아쉬운 듯) 아아~ 낙조 보면서 홍주 한잔 딱 해야 하는데! 아까 아빠 드리고 남은 거 가져올 걸!

태주   으휴. 술꾼이냐?

홍주, 태주 말없이 낙조 바라보고 섰다.

홍주   (전에 없이 차분하게) 오빠! 아빠는 진도가 그렇게 좋으셨을까?

여가 진도여

S#20. 펜션 정원/ 밤 (#1연결)

펜션 정원 벤치에 앉아있는 홍주. 태주 홍주 병, 잔 두 개 들고 다가
오며.

태주	뭐해? 안 자고? 내일 아침 일찍 출발하려면 자야지.
홍주	그러는 오빠는? 안 피곤해?
태주	(홍주 옆에 앉으며) 그러게… 이상하게 피곤하질 않네… 공기가 좋아서 그런가…?
홍주	(병 보며) 손에 그건 뭐야?
태주	(잔 내밀며) 너 안 자면 같이 한잔할까? 해서.

Cut To

잔 기울이는 태주와 홍주.

태주	(홍주잔 바라보며) 아까 니가 물어봤잖아… 아빠 왜 진도가 그렇게 좋으셨을까… 생각해 봤는데… 진도가 고향처럼 마음이 따뜻해지는 곳이라던 아버지 말씀… 조금은 알 것 같아… 이럴 줄 알았으면 살아계실 때 한 번이라도 같이 와 볼 걸 그랬나 보다…
홍주	눈에서 눈물 투둑 떨어진다.

Cut To

카메라 넘겨 사진 보는 홍주와 태주. 관광하면서 찍은 세 가족의
사진은 그대로인데 현태는 없다.
마지막 사진에 추모공원 현태 나무 앞에서 찍은 사진 보면 태주와
홍주 뒤로 현태 앉아있다.

홍주   (차분하되 너무 슬프지 않게) 아빠! 진도가 그렇게 좋아?
       그래! 아빠가 좋으면 난 다 좋아! 아빠, 여기 있어서 행복하지?
       행복해야 돼! 또 올게… 아빠 사랑해요!

여가 진도여

보배섬 풍류
생생유람 진도별곡

기획 공연   진도 민속예술 융복합 공연

시나리오   예술정책박사 엄기숙

일러두기

＊영상 속의 '여1창'은 신영희 명창, '대금산조'는 박환영 선생을 염두에 두고 기획
＊전체 공연의 분량은 장소와 여건에 따라 조정되며, 대본의 컨텐츠 중 선별 선택 공연
＊영상은 3시간/100분/60분 분량으로 3가지 편집본 제작

#사회자 무대(중앙) 올라 인사말

아따! 오늘도 방방곡곡에서 많이들 오셨구마니라! 멋져부러요잉!

안녕하십니까? 진도 소리꾼… 인사 올립니다.

예나 지금이나 언제나! 예술의 고장. 예향 진도~,

사계절 맑고 밝은 청정의 보물섬~

공기 좋고 물 좋은 이곳 진도에 오신 여러분들을 환영합니다~

<u>: 계절 인사 : 진도아리랑 따라 부르기 : 추임새 배워 보기</u>

자! 그럼 시방부터? 본격적으로다가?

여러분들과 저희가 항꾸네 진도의 보배들을 만나러 가보겠습니다!

'항꾸네'는 진도 말로 '함께', '다 같이'라는 뜻이지요?

항꾸네 준비 되셨지라?

얼~쑤! 좋~다! 자~ 진도풍류유람 가시게요~

<u>: 사회자 진도아리랑 후렴구 부르며 퇴장(왼쪽으로)</u>

아~리 아~리랑~~서~리 서~리랑~ 아라~리가 났~네~에~헤

<u>: 이어 스크린 밝아지며 진도아리랑 이어진다</u>

<u>F.I. 전면 풀 스크린 밝아진다</u>

#오프닝 크레디트(Opening credits)

보배섬 어디서나 들리는 노래소리, 곳곳에서 펼쳐지는 즐거운 풍

여가 진도여

류판, 삶과 예술이 공존하는 고장. 신명나는 진도!
〈생생유람 진도별곡〉(生生流覽 珍島★曲)

#1막 – 장면 1.

#1-1 영상 : 녹진~진도대교 일대. 항공촬영 편집영상.

#1-1 음악 : 영상 소리 : 여1창 **진도아리랑(부분)**

아~리 아~리랑~~서~리 서~리랑~

아라~리가 났~네~에~헤

아~~~리랑~~응~~응~~응~~

아~라리가~아~~~났~~네~~~~

아리랑 고개는 열두 고개 / 우리가 넘어야 할 고개는 하나로세

오늘 갈지 낼갈지 모르는 시상 / 내가 심긴 호박넝쿨 담장을 넘네

(중략)

놀다가세 놀다나가세 / 저 달이 떴다 지도록 놀다나 가세

#1-2 영상 : 진도대교가 바라다 보이는 녹진 야외무대 원경 화면

#1-2 음악 : 녹진 야외무대에서 ***바라지 휘산조 연주**하고 있다.

공연작품 해설(영상) 우리 소리 '바라지'의 〈휘산조〉, 빠르게 몰아치는 '휘'에 허튼 가락을 말하는 '산조' 의미가 담긴 〈휘산조〉는 기악 독주곡인 산조의 아름다움을 우리 관악기, 타악기가 어울려진 합주로 펼쳐진다. 느린 진양조로 시작하여 점점 빨라지며 휘모리를 타고 넘는 선율에 담긴 희, 노, 애, 락의 감미로운 가락과 처절한 애원조의 가락이 일품이다.

#1-3 영상 : 진도대교 진입하는 버스 점차 클로즈업 ~ 버스 내부로 화면전환

: 대사 배경 음악으로 *휘산조 계속 이어진다.

버스기사   자 들어갑니다! 진도대교!
         저기 일어나세요! 보배섬 진도! 다 왔습니다!
         주무시는 분들! 워따 참말로… 이제 잠 깨시고!

         : 운전기사 뒷 좌석에 앉아오던 청년(22살)은 졸다가 깜짝 놀라 잠에서 깬다. 창밖은 눈부신 파란 하늘, 바다 물빛도 반짝이는 햇살 맑은 날.

청년   (기사에게) 저 아래가 울돌목인 거죠?
         生郞必死 死郞必生(생즉필사 사즉필생)
         살려고 하면 반드시 죽고, 죽을 각오하면 반드시 산다.
         (나직이 읊는다.)

버스기사   암만! 그라제~ 회오리 물살에 물이 울어 울돌목이제.
         명량해전이 있었던 곳이 바로 여기여.
         (잠시 무슨 생각을 하는 듯하다가)
         진도대교가 생기기 전에 이 바다는 진도사람들에게 아픈 눈물,
         그리고 기쁨의 눈물도 웃음도 주던 그런데인디…

         아! 그거 아능가?
         이순신 장군이 47세 때 진도군수로 임명 되었었제.
         부임하기도 전에 수군(수군첨절제사)으로 가부렀지만…
         그놈의 왜군들만 아니었다면,
         이순신 진도군수로도 남았을끼네말여. 쯧쯔.

                    여가 진도여

#1-4 영상　: 진도대교에서 야외무대로 앵글, 점차 *바라지 클로즈업. 생!사고락(生!四鼓樂) 연주.

그때여 흥보 제비가 흥보씨 은혜를 갚을 양으로 보은표 박씨를 입에다 물고 만리 조선을 나오는디 / 좋은 경치만 찾아 이리저리 구경하면서 노 정기로 나오던 것이었다 / 흥보 제비가 나온다 흥보 제비가 나온다~ (중략)

공연작품 해설(영상)
작곡, 소리, 연주 : 바라지 / 바라지 구성 : 한승석
생!사고락(생생함 넘치는 네 고수의 북가락)은 흥보가 중 제비노정기 대목을 다양한 장단으로 변형시켜 섬세한 북장단과 신명나는 소리로 표현한 작품이다.

공연자 소개(텍스트) '바라지'는 누군가를 물심양면으로 알뜰히 돌보는 것을 뜻하는 순우리말로, 전통음악계에서는 음악을 이끌어 가는 주된 소리에 어우러지는 반주자들의 즉흥적인 소리를 가리키기도 한다. 예술감독 한승석을 필두로 탄탄한 실력을 갖춘 8명의 젊은 연주자들로 구성된 '우리소리 바라지'는 특히 망자(亡者)의 영혼을 위로하는 진도 씻김굿에서 극대화되어 독특한 음악 양식을 그들의 표현 방식으로 삼고 있다.

#1-5 영상　: 버스내부

버스기사　(뒤돌아 보며) 오! 우리 아들 맨치 잘생긴 청년이로구먼! 여행 왔능가?

청년　네(미소)

버스기사　진도 할 때, 한자 진 자는 보배 진이여. 여서 보물도 겁나게 많이 찾고, 맛난 거도 많이 먹고, 잘 놀다 가시게.

146 / 147

청년	네~(미소, 창밖 광경 둘러본다)
버스기사	그람 그람! (진도아리랑을 흥얼댄다) 놀다가세 놀다나가세~ 저 달이 떴다 지도록 놀다나 가세~

#1-6 영상 : 울돌목~벽파까지 바닷길 촬영(명량해전 재현 영상 부분 삽입)

#1-6 음악 : 버스기사의 흥얼거리는 소리에 이어, 배경소리 : 여1창 **진도아리랑**

문전세제는 웬 고갠가 / 구부야 구부구부가 눈물이로구나

울돌목 거센 물결 명량대첩 / 충무공 이순신 길이 빛나네

진도에 사계절은 푸른 연가요 / 검은 머리 파뿌리 되도록 살아가세

(중략)

해설 텍스트(영상) 〈진도아리랑〉 향토문화유산 무형유산 제1호

모든 이의 원망도 슬픔도 신명나는 가락과 해학적인 노랫말로 풀어주는 타령의 꽃. 〈진도아리랑〉은 예향다운 특징을 고루 갖춰 누구나 쉽게 부를 수 있으면서도 부르는 이는 즐겁고 듣는 이는 흥겹기가 으뜸이다. 본래 〈남도아리랑〉이라 부르던 곡을 진도 출신 대금 악사인 박종기가 편곡하여 〈진도아리랑〉이라 이르게 되었다.

〈아리랑〉은 2012년 유네스코 인류무형문화유산으로 등재되었다.

#1-6 무대 : 여4창 영상과 동시에 메기고 받으며 **진도아리랑**

무대와 영상 Fade out

 # 2막 - 장면 1

#2-1 무대 : 무대 오른쪽 평상 놓여있고, 지팡이가 하나 기대어 있다. (무대 중앙 밝아진

여가 진도여

다) 무대중앙 여성4창 / 소품 : 부채

진도풍류가 −굿거리−

다도해 푸른 물결 태극 수놓은 보배의 땅

신명의 땅 예술의 섬 풍류 천하 제일 진도

남도 들노래 한 자락에 시화연풍이 돌아들고

다시래기 한바탕에 염라대왕도 박장대소

소포걸군농악 갱매갱갱깽 풍요로운 꽃길을 열어라

어루와 가자 벗님네야 소리 높여 불러보자

어야디야 상사디야 풍류 천하 제일 진도~ (중략)

해설 텍스트(영상) 〈진도풍류가〉는 진도의 민속과 풍류, 역사를 내용으로 엮은 사성구 작사, 한승석 작곡의 신민요이다. 사성구는 진도의 국악명인들의 일생을 다룬 창극 '굿락 Good Luck_박병천 명인'과 '어머니의 노래_박옥진 명창' 등을 썼으며, 진도 출신 국악인 한승석은 이 시대의 판소리가 담지해야 할 인간적 가치와 음악적 양식에 대해 진지하게 고민하고 실천하는 소리꾼으로 다양한 실험적 작품을 선보이고 있다 .
〈진도풍류가〉는 '굿거리 − 잦은모리 − 엇모리 − 동살풀이' 순의 구성이다.

#2-2 무대   : **진도풍류가 − 굿거리** 소리 이어, 자진모리 연주 반주만.

: 반주 동안, 여성1이 여3인에게 평상으로 가 앉겠다고 손짓하고, 천천히 걸어가 스크린을 바라보는 방향으로 올라 앉는다.

: 여3도 자연스럽게 스크린 풍경을 바라본다.

#2-1~2 영상 : F.I. 다도해 전망~세방낙조~녹진에서 벽파까지 풍경.

: 풍경 위로 조병화 시인의 진도찬가

진도는 정이 붙는 섬이더라

진도는 정이 붙은 사람들이 살고 있는 섬이더라

진도는 정이 흐르는 흙이요, 물이요, 산이요, 들이요, (중략)

들리는 것이 육자배기요, 홍타령이요, 남도민요요,

바람이 판소리, 구름이 판소리~(중략)

#2-3 무대 : 여성4창(평상 위). 여1창 **육자배기**, 자연스럽게 영상 속 풍경을 바라 보며, 때로는 손과 부채로 가리키며(발림) 소리

창해 월명 두우성의 월색도 유정 헌디 나의 갈 길은 천리 만리 구름은 가건 만은 나는 어이 손 발이 있건 만은 님 계신 곳 못 가는고 수심장단 성으로 간장 썩는 눈물로 거나-헤 (중략)

#2-3 영상 : 벽파항 ~ 들녘(까치)과 갯가(고니, 갈매기) - 마을(옛집, 한옥집) - 나무 ~ 벽파항

: 영상 중간중간 악단 악사들 정렬해 앉아 연주하는 모습 삽입

#2-3 무대 : 계속 : (무대 중앙) 여3창. **자진육자배기**

어 허야 어허 어야 이 이히이히 내로구나 헤 어 어 어루 산이로 거 나헤

1. 영산 홍로 봉접비 허니 옥화 홀로를 허느라고 우쭐우쭐 진달화 요 웃고 피는 목단화라 낙화는 점점 편편 홍이요 나는 언제 죽어 꽃이 되며 우리님 어느 시절에 죽어 나비 될거나-헤 (중략)

: 여4창(서로 마주 바라보며 눈 맞추며) **삼산은 반락**

삼산은 반락 청천 외요 이수 중분은 백로주로 구나

여가 진도여

1. 말은 가자 네 굽을 치는디 임은 꼭 붙들고 아니 놓네
2. 춘풍도리 화개야의 꽃만 피어도 님의 생각 (중략)

**: 여4창 흥타령(평상 위). 여1 흥타령 1절 후, 여3 흥타령 2절 소리하며 자
연스럽게 평상으로 다가가 여2 함께 앉고, 여1 서서 함께 소리**

아이고 데고~허허 허어 음~~ 성화가 났네
꿈이로다 꿈이로다 모두가 다 꿈이로다 / 너도 나도 꿈속이요 이
것저것 이 꿈이로다 / 꿈 깨니 또 꿈이요 깬인 꿈도 꿈이로다 /
꿈에 나서 꿈에 살고 꿈에 죽어가는 인생 / 부질없다 깨려는 꿈 꿈
은 꾸어서 무엇을 할거나 (중략)

공연작품 해설(영상) 〈남도잡가〉 전라남도 무형문화재 제34호
조선후기 전문적인 소리꾼들에 의해 창출된 잡가(속가)를 지칭한다. 진도군은 어느 마
을에 가나 멋진 부녀자들의 노랫가락을 들을 수가 있고 목청 또한 그렇게 구성질 수가
없다. 진도아리랑을 비롯한 흥타령, 육자백이 등 남도지방 특유의 가락과 멋이 깃들어
있는 남도민요이다.

#2-4 영상　　**: 청년(청바지/모자/배낭)이 벽파항을 걷는다.~ 벽파정에 오른다.**

화면 한쪽(텍스트)
'天邊日脚射滄溟 기울어진 햇살은 쏘듯이 바다를 비추고
雲際遙分島嶼靑 구름 너머 섬들은 흩어져서 푸르네
閶闔風聲晚來急 서쪽 바람 부는 소리 해질녘에 몰아치니
浪花飜倒碧波亭 부서지는 물보라꽃 벽파정을 뒤집네'
_장유(張維, 1587~1638)의 '진도 벽파정(珍島碧波亭)'

:점차 풍경 화면은 화이트 배경으로 바뀌고 텍스트가 강조된다.
F.I. 전면 화이트 풀 스크린과 무대가 밝아진다.

: 무대 가운데 긴 돗자리(혹은 긴 흰색 카페트)위에서 여4창. 단가 **사철가**

(四節歌)

(여1창)

이산 저산 꽃이 피니 분명코 봄이로구나 / 봄은 찾아 왔건마는 세상사 쓸쓸허드라 / 나도 어제 청춘일러니 오늘 백발 한심허구나 / 내청춘도 날 버리고 속절없이 가버렸으니 / 왔다갈줄 아는 봄을 반겨헌들 쓸데있나 / 봄아 왔다가 가려거든 가거라 / 니가 가도 여름이 되면 녹음 방초 승화시라

(중략)

(여4창)

어화 세상 벗님네들 이내 한말 들어보소 / 인생이 모두가 백년을 산다고 해도 / 병든 날과 잠든날 걱정근심 다 제허면 / 단 사십도 못살인생 아차한번 죽어지면 북망산천의 흙이로구나 / 사후의 만반진수는 불여생전에 일배주만도 못허느니라 / 세월아 세월아 세월아 가지말어라 / 아까운 청춘들이 다 늙은다 (중략)

#2-5 영상   : 화이트 배경, 정중앙에 대금 연주자가 **대금산조**를 연주하는 모습 나타난다.

: 점차 배경은 벽파진(바다-벽파정-전첩비 : 항공촬영~근접촬영)으로 오버랩 된다.

: 대금 연주자는 전첩비 옆에 앉아 연주하고 있다.

: 청년은 벽파정에서 바다를 바라보고 있다.

노인   (청년 옆으로 다가가)무얼 그리 골똘히 생각하는가?

청년   (인기척 쪽으로 고개를 돌리며) 아~ 네… 친구. 생각…

노인   (아무 말 없이, 청년과 같은 방향을 바라본다.)

           : 전첩비 앞. 청년의 나지막하게 읽는 듯 나레이션(대금산조 계속)

나레이션   "벽파진 푸른 바다여, 너는 영광스러운 역사를 가졌도다. 민족의
성웅 충무공이 가장 외롭고 어려운 고비에 빛나고 우뚝한 공을 세
우신 곳이 여기더니라.~"

           **: 목소리 점차 작아지며, 비문 텍스트 전문 영상 위로 흐른다. (벽파 전첩비
영상과 B/W흑백 탁본 이미지, 텍스트 혼합 편집)**

영상 텍스트 "벽파진 푸른 바다여, 너는 영광스러운 역사를 가졌도다. 민족의 성웅 충무
공이 가장 외롭고 어려운 고비에 빛나고 우뚝한 공을 세우신 곳이 여기더니라.
옥에서 풀려나와 삼도수군통제사의 무거운 짐을 다시 지고서 병든 몸을 이끌고 남은 배
12척을 겨우 거두어 일찍이 군명되었던 진도 땅 벽파진에 이르니 때는 공이 53
세 되던 정유년 8월29일, 이때 조정에서는 공에게 육전(陸戰)을 명했으나 공은 이에 대
답하되 신에게 아직도 12척의 배가 남아 있삽고 또 신이 죽지 않았으며 적이 우리를 업
수이 여기지 못하리라. 하고 그대로 여기 이 바다목을 지키셨나니 예서 머무신 16일
동안 사흘은 비 내리고 나흘은 바람 불고 맏아들 회와 함께 배 위에 앉아 눈물도 지으셨
고 9월 초이레엔 적선 18척이 들어옴을 물리쳤으며, 초아흐레에도 적선 2척이 감포도
(甘浦島)까지 들어와 우리를 엿살피다 쫓겨 갔는데 공이 다시 생각한 바 있어 15일에 진
(津)을 옮기자 바로 그 다음날 큰 싸움이 터져 12척 적은 배로서 330척의 배를 모조리
무찌르니 어허 통쾌할 사 만고에 길이 빛날 명량대첩이여…"
열두 척 남은 배를 거두어 거느리고 벽파진 찾아들어 바닷목을 지키실 제 그 심정 아는
이 없어 눈물 혼자 지우시다. 삼백 척 적의 배들 산같이 깔렸더니 울돌목 센 물결에 거품
같이 다 깨지고 북소리 울리는 속에 저님 우뚝 서 계시다. 거룩한 임의 은공 어디다 비기
오리 피 흘린 의사혼백 어느 적에 사라지리 이 바다 지나는 이들 이마 숙이옵소서.

_단기 4289년 8월 29일 노산 이은상은 글을 짓고 소전 손재형은 글씨를 쓰고, 진도교육구 교육감 곽중로는 구내 교직원 학도들을 비롯한 모든 군민과 도내 교육 동지들의 성력을 모아 이 비를 세우다.

[이충무공 벽파진 전첩비(李忠武公 碧波津 戰捷碑 1956), 유형유산 제5호]

#2-5 무대 : <u>청년의 나레이션 소리가 작아지면서 점차 무대 위 연주자 드러난다.</u>

: <u>무대의 연주자에게 Spotlight스포트라이트. 무대 가운데 긴 돗자리(혹은 흰색 카페트)에 앉아 대금 연주자 대금산조를 영상과 동시에 연주한다.(+ 장구 반주)</u>

공연작품 해설(영상) 〈대금산조〉 대금산조의 창시자는 진도 태생인 박종기(1880~1947)이다. 대금산조는 관악기 산조들 가운데 가장 다양한 기교를 구사하며, 연주자의 개성을 세밀하게 드러내는 고도의 예술음악으로 평가된다. 대금산조는 현을 퉁겨서 연주하는 현악기 산조보다 더 적극적인 음처리를 할 수 있으며, 자유롭게 표현할 수 있다.

#2-6 영상 : <u>청년이 용장사 ~ 용장산성을 둘러보는 모습을 보여준다. 가볍고 유쾌한 걸음거리, 때로 뛰다가 걷다가 한다. (음향 : 자연소리)</u>

장소 소개(텍스트) 〈삼별초〉〈용장산성〉
1270년 6월 2일 삼별초 군은 1천여 척의 배를 타고 강화도를 떠나 1270년 8월 19일 진도 벽파진에 닿는다. 최씨 무인정권의 특수 사병 부대로 출발했지만 몽고군에 대항하는 임무도 지니고 있던 삼별초는 몽골에 항복하려는 정부에 반대하여 집단 항거를 일으킨 상태였다. 그 후 고려와 몽골 연합군도 진도 용장산성에 주둔하고 있는 삼별초 군을 진압하기 위해 벽파진에 상륙했다. 삼별초 군도 진압군도 모두, 아득한 옛날부터 진도와 해남 대륙을 잇는 포구였던 벽파진에 배를 대었던 것이다.
용장산성의 안내판에는 '삼별초는 대몽(對蒙) 항전에서 고려의 정규군보다 더 강력한 전투력으로 활약했다'라고 기술되어 있다.

: <u>청년 문득 강강술래 소리를 듣고, 소리가 나는 방향으로 발걸음을 옮긴다.</u>
<u>(망금산성)</u>

여가 진도여

: **진도강강술래** 보존회 전체 공연(조공례 가사), (원곡 부분 공연. 이어 여러 가지 여흥놀이 편집영상)

: 청년 구경하다가 따라 돈다.

영상 소개(텍스트) 〈강강술래〉국가무형문화재 제8호, 유네스코 인류무형문화유산 강강술래는 8월 한가윗날 휘영청 밝은 달밤에 마을의 꽃다운 처녀들과 아낙네들이 손을 마주잡고 둥글게 원을 그리면서 여러 가지 놀이를 하는 진도 지방 고유의 민속놀이다. 명량해전 당시 이순신 장군은 적으로 하여금 우리 군사가 많아 보이게 하기 위하여 망금산에 토성을 쌓고 부근의 부녀자들을 모아 남장을 시켜 산봉우리를 원을 그리며 반복하여 돌게 하였다고 전한다. 지역의 민속놀이를 의병술로 활용했던 것이다.

#2-6 무대 　: 여 6~8 **진도강강술래** (영상과 동시에 진행, 이후 무대 F.O.)

－진강강술래－

달아달아 밝은달아 강강술래 / 이태백이 놀든달아 강강술래

저기저기 저달속에 강강술래 / 계수나무 박혔으니 강강술래

옥도꾸로 다듬어서 강강술래 / 금도꾸로 다듬어서 강강술래

초가삼간 집을지어 강강술래 / 천년만년 살고지고 강강술래

(중략)

(중강강술래) (자진강강술래)

(남생아놀아라) (개고리타령) (청어엮기) (고사리꺾기) (덕석몰기)

(손치기발치기) (지와밟기) (문지기) (꼬리따기) (중강강술래)

#2-7 영상 　: 강강술래 공연한 장소와 인접한(바라다 보이는)공간. **진도소포걸군농악** (편집영상) 자연스럽게 이어진다.

공연작품 해설(영상) 〈진도소포걸군농악〉 전라남도 무형문화재 제39호

임진왜란 때 적군의 동태를 살피기 위한 군 작전 놀이에서 유행되었으며, 현재는 소포 마을에서 보전전승되고 있다. 다양하고 흥겨운 가락이 특색이다.

#2-8 영상 : 바닷가~바다 **조도닻배놀이**(편집영상)

공연작품 해설(영상) 〈조도닻배노래〉 전라남도 무형문화재 제40호
고기잡이 나갔다가 다시 포구로 돌아오는 과정을 그린 어부요로써, 고기잡이 중 고달픔 과 피로를 극복하고자 부른 노래이다.
어로작업은 주로 왕등도와 칠산도에서 이루어졌는데, 상고선을 부르거나 휴식을 취할 때 닻배 안에서 풍장과 닻배노래를 하게 되면 주위의 모든 배들이 닻배노래를 듣기 위 해 몰려들었다고 한다.

1. 술비소리(그물 싣는 소리)
에이야 술비야 어허허 술비야 / 그물코가 에이야 술비야
칠산바다에 들어온 조기 / 우리배 방자로 다들어오너라.
삼천코면 걸릴날이 있더란다 / 돈실로가세 돈실로가세 / 칠산바다 에 돈 실로가세 / 이그물을실어 만선을 하면 부모처자를 봉양헐라 네 / 이제 가면은 언제오나 사월초파일 맞이하여서야 돌아를올라 네… (중략)

#3막–장면1

#3-1 영상 : 청년. 회동과 해변도로를 자전거를 타고 달린다.

#3-1 무대 : 여3창 **진도풍류가** – 자진모리
무대 중앙에서 소리하다 점차 무대 왼쪽으로 이동
–자진모리–

여가 진도여

강강술래 고귀한 마음 달빛에 수놓은 보배의 땅

신명의 땅 예술의 섬 풍류 천하 제일 진도

진도아리랑 한 자락에 천지의 어깨가 들썩

씻김굿에 한을 풀고 눈물 씻고 극락왕생

진도북춤 두리둥둥 신비의 바닷길을 열어라 (중략)

#3-2 영상 : 바다 앞 정자(정자에 장구와 북 몇 개 놓여있다), 무대의 진도풍류가에 이어, 여6창 **개고리타령**

에-허-허어어 어기야 간다 간다 내가 돌아 나는 가 어이히-어허 어-어기야

1. 반갑네 반가워 어디 갔다가 이제와 하날에서 뚝 떨어졌나 땅에서 불끈 솟았나 하운이 다기봉 터니 구름 속의 싸여 왔나 풍설이 쇄작 처니 바람 결에 날려 왔나 춘수 만사 택일이라 더니 물이 깊어서 이제 온가 들어가세 이 사람아 뉘 집이라고 아니 들어오고 문밖에 와서 개만 지키는가 들어가세 (중략)

: **진도북춤** 여1 : 개고리타령 끝 무렵. 정자 쪽으로 다가와 북춤.

: 정자에서 소리했던 몇몇은 북을 메고 정자 아래로 내려와 북춤을 같이 추고, 나머지 몇은 정자에 앉아 구경한다.

공연작품 해설(영상) 〈진도북춤〉 진도 지역에서 양손에 채를 쥐고 추는 춤으로, '진도북놀이'라고도 일컫는다. 북은 몸에 밀착시켜 어깨끈을 메고, 허리끈으로 조여 묶는다. 양손에 채를 쥐고 양쪽 모두 연주한다는 뜻에서 양북이라고도 하고, 채를 쌍으로 들고 춘다고 해서 쌍북이라고도 한다.
양태옥 1919~2003(군내면 정자리 출신), 장성천 1923~1993(임회면 석교리 출신), 박관용(진도읍 출신), 곽덕환(임회면 상만리 출신), 박병천 1933~2007(지산면 인지리 출신) 등이 선조들의 기예를 계승했다.

#3-2 무대   : 개고리타령 끝나고 무대 중앙에 **진도북춤** 여 2 등장해 영상 속 진도북춤
과 주고 받으며 북춤.

: 북춤 클라이막스 무렵, 오른쪽에서 청년이 자전거 타고 무대 위 등장 하
여, 자전거 세워, 북춤 보며 사진 찍다가, 자전거에서 내려 장단 맞춰 어깨
들썩인다. 잠시 후, 여1 남1도 무대 등장해 장단 맞춘다.

: 무대 왼쪽. 덕석(또는 빨간색 둥근 카페트) 위, 차 도구와 술병 술잔, 큰 바
구니 하나 작은 바구니 여러 개. 바구니 속에는 구기자가 담겨 있다. 덕석
옆에는 약간의 농기구 놓여 있다.

#3-3 영상   : 동백꽃, 매화, 백일홍 등 진도의 꽃이 만발한 꽃길, 꽃밭을 두루 보여준다.

#3-3 무대   : 북춤 끝나고, 북춤 여2, 남1, 여3 덕석 주변에 모이고, 청년은 핸드폰을 꺼
내 보고 있다.

남1   아야! 어디서 왔능가?

청년   서울에서 왔습니다.

여1   구경 왔능가?

청년   (북춤 여운이 남아 어깨 들썩이며) 노다나가세~
네~ 놀러왔어요.

여가 진도여

여2   워따! 우리 맨치로 하하하! 우리는 꽃놀이 나왔당께.
　　　　　　진도 엄매들의 꽃타령 좀 들어볼랑가?

청년   좋아요! (머리 위로 하트)

여3   그람 우리는 소리를 해 볼랑께, 자네들도 한 신명 부탁혀요!

: 여3창 동백타령

—중모리— (후렴) 가세 가세 동백꽃을 따러가세

~ / 저 멀리 바다에는 아낙네들이 조개를 줍고 우리 고장 뫁에서
는 큰 애기 들이 동백을 따네 (후렴) / 빨간 동백 따다가는 님 계신
방에 꽂아 놓고 하얀 동백을 따다가는 부모님 방에 꽂아 주세 (후
렴) (중략)

: 북춤 추었던 여2 타령에 입춤(곡 사이 입타령(구음) 부분 삽입)

: 중중모리에 여2창 동백꽃 한아름 안고 무대 등장하여 소리 합류
청년에게도 동백꽃 한송이를 쥐어준다.

: 여5창 매화타령

어리시구나 좋단 말이다. 매화로구나
(후렴) 은잔자리 졌단다 돈이로구나
계화를 이리저리 설려버리고 매화야 내 돈 갖다 먹어라
~ 나비여 나비야 호랑나비여 / 청산으로 가다가다가 날이 저물
지면 꽃 속에서 잠을 자고 가거라 / 매화나무 가지마다 송이송이

꽃이 피네

#3-4 영상 : 울금(꽃)밭, 구기자밭, 대파밭, 봄동밭, 검정쌀 등을 보여주면서, 생육과정
과 생산물을 편집영상으로 예술적으로 처리
: 자연소리 음향 간간히(새소리, 바람소리 등), (구음 부분 삽입)

#3-4 무대 : 사람들 모두 덕석으로 모여들어 수확한 구기자를 다같이 손질하고 있다.

청년 (영상에 나타난 울금 꽃밭을 가리키며) 저 하얗고 탐스러운 꽃은 무
슨 꽃인가요?

북춤 여1 이쁘제? 보기 좋제? 울금꽃이여. 울금.
보기도 좋고, 몸에도 좋은 울금~(가볍게 북 장단 두둥~)

남 아짐! 칠성네 울금 캔거 봤는가?
워따 땅에서 황금을 캐부렀드랑깨!

여 워따!그랑가?
저 아래 육바네 울금은 때깔이 고와 흐미 눈이 부시더랑깨! 하하하

청년 (영상을 보고) 어! 저 빨간 작은 열매는?

여2, 남1 (동시에) 구기자여 구기자!

남 여기 있잖여. 보기도 좋고 몸에도 좋은 구기자~ (북 장단)

여가 진도여

열매 하나하나 뜨건 햇볕 아래서 보살피고, 하나하나 따 모으면, 요로코롬 빨간 보석이 한나 가득~ 보물이 따로 있나? 허허허 (어깨춤을 추며) 요로코롬 우리 춤추고 소리허고 선물도 받고~

청년 (구기자를 하나하나 손질하는 모습을 가까이 다가가 보다가) 정성이 보통 아니게 들어가네요?

남 그라제! 하늘은 정성만큼 주시제! 젤로 중헌게 정성이여. 정성!

무대 조명 Fade out

#4막-장면1

#4-1 영상 : 인지리, 남도들노래 현장
: 잠시 후, 청년 자전거 타고 도착.

공연작품 해설(영상) 〈남도들노래〉 중요무형문화재 제51호
진도지방의 농부들이 농사일을 할 때 부르는 노래이다. 모판에서 모를 찔 때에는 '모뜨는 소리'를 부르고, 논에 모를 심을 때에는 '못소리'를 부르며, 논에서 김을 맬 때에는 '절로소리'를 부른다. 김매기가 끝나고 농부들이 마을에 들어올 때에는 '길꼬냉이'를 부른다. 음악성이 뛰어난 남도들노래는 향토색이 짙고 가락이 매우 흥겨운 노래이다.

#4-1 무대 : F.I. 여3~5 옆에서 새참 준비 중, 여1이 영상 속 청년 보고 어서 오라고 손짓한다. 남1은 리어카 끌고 무대 다시 등장. 청년 자전거 끌고 걸어 무대 들어온다.

남1	이리 가까이 오랑께~
	왔냐? 덥제? 오늘 날이 겁나게 덥구먼!
	거 가방도 무거워 보이는디 지고있덜 말고 여따 내려놓으쇼.

여1	밥은 먹고 댕기냐? 그란해도 우리는 쫌 있다 모싱구고 참 할 겨. 쫌
	만 지둘려봐. 저짝 끝나면 항꾸네 할께.
	우리들은 이케 산당께. 항꾸네 땀 흘리고~ 소리허고 춤추고~

남1	그람그람! 항꾸네 노놔 묵어야 게미지제! 항꾸네 놀아야 재미지
	제!(들노래 쪽 보며) 워따 참말로 잘들 허네!

: 참 준비하면서, 영상 속 들노래 후렴 함께 소리한다.

남도들노래

(모찌는 소리)(자진 모찌는 소리)(모심는 소리「상사 소리」)

–잦은 모심는 소리–

이 농사를 어서지어 나라봉양을 허고보세 / 앞산은 점점 멀어지고
뒷산은 점점 가까오네 / 이배미 저배미 다 심겼네 장고배미로 넘
어가세 / 다 되었네 다 되었네 상사소리가 다 되었네

(후렴)어라뒤야 저라뒤야 상사로세

(긴 논매는 소리)(잦은 논매는 소리)(자잦은 논매는 소리)(길꼬내기)

<u>무대 F.O.</u>

#4-2 영상	<u>: 들노래 마무리하고 새참 하러 모인다. 청년과 좀 전 무대에 있던 사람들</u>
	<u>모두 영상 속에 보인다.</u>

: **진도북놀이** 소리 들리고, 북놀이패 등장하여 주변에 모여들어 함께 한다.

#4-2 무대 : 영상에서 북놀이패 등장할 때, 공연장 관객석(조명)에서도 북놀이패 등장하여, 영상과 함께 공연. 관객석에서 무대(조명)로 올라 북놀이

공연작품 해설(영상) 〈진도북놀이〉전라남도 무형문화재 제18호.
우리 문화의 근원은 무굿과 풍물놀이에서 시작되었다. 풍물놀이에서 유래한 북놀이는 가장 오래된 놀이로 소리와 춤이 절묘한 조화를 이루고 있다. 진도북놀이는 보통의 외북치기와 달리 양손에 북채를 쥐고 장구 치듯이 느린 굿거리에서 시작하며 빠른 굿거리, 자진모리, 휘모리가락으로 풀어 나간다. 다양한 기법을 구사하는 북장단과 더불어 진도북놀이는 뛰어난 춤사위를 가지고 있다. 진도북놀이는 북소리의 강렬함과 장구의 유연성과 다양성을 동시에 발휘하는 신명나는 놀이다.

#4-3 영상 : 풍성한 추수 논밭 모습, 바다 특산물 등
논밭 주변에 보이는 고인돌 – 선돌 – 지석묘군, 고목, 진도 짚풀공예

#4-3 무대 : 남녀 소리(가능한 최대 인원). 진도풍류가
–엇모리– / –동살풀이–
진도 청산 불로허고 진도인심 후덕허니 / 어기야 진도풍류 만만세지 일광이로다 / 어화 진도사람들아 만복을 누리소사 / 말씀마다 향내나고 걸음마다 꽃이 피소 / 진도청산 진도인심 천만세나 이어가세 / 진도풍 류 진도신명 만만세를 노래하세 / 풍류 천하 제일 진도

#4-4 영상 : 일출 – 월출 – 낙조 – 남극노인성 – 보름달(남도진성, 세방낙조 풍광)

#4-4 무대 : 무대 중앙 평상 위에 물레, 옆에 방아(도구통) 놓여있고, 여성 2인 소리 메

기고 받는다.

긴 둥덩애 타령

(후렴) 둥덩~덩기덩~덩기~둥~덩 덩기~둥~덩 덩기~둥~덩

1. 앞산도 덩기~둥~덩 뒷산도 덩기~둥~덩

2. 너도 둥덩~ 나도 둥~덩 너 나 둘이 덩기~둥~덩

–둥덩애 타령–(생략)

물레타령

–중모리–

(후렴) 물레야 물레야 윙윙윙 돌아라 어리렁 서리렁 잘도 돈다

1. 호롱불을 도도희고 이밤이 세도록 물레를 돌려 베를 낳네

2. 삼합시로 실을 뽑아 석새베를 짜게 할까 외올씨를 뽑아 보름세를 짤까 (중략)

방아타령

(후렴) 에헤용 에헤용 어라 우겨라 방애로구나.

나지나 얼싸 좋네. 요나리 방애로 논다.

1. 노자 좋다. 노들메 강변에 비둘기 한 쌍에 울콩 하나를 물어다 놓고, 암놈이 물어서 숫놈을 주고, 숫놈이 물어서 암놈 주고, 암놈 숫놈 어우는 소리. 동네 청춘과부가 기둥만 보듬고 돈다. (중략)

–잦은 방아타령–(생략)

#4–5 영상   : 첨찰산, 동석산, 금골산 등 산 풍광. 등산하는 청년 간간히 보인다.

사찰, 마애불, 상록수숲, 대나무숲 등 중간 삽입(화면은 대체로 빠르게 전환)

: 이어, 운림산방 경내 풍광, 사진 찍거나 걷는 청년 간간히 보인다.

화면 한쪽 텍스트

먹을 갈며 세상을 사유하고, 음미한 자연과 정신에 묵 향을 입힌다.

고요히 내달리는 붓끝에서 돈오와 점수를 가늠하고, 때로는 깨우치는 황홀을 경험. 무궁한 점과 선으로 형체와 여백, 글과 정신을 휘두르고 나면, 어느덧 지극(至極)해지던 낙관 즈음.

: 소치로부터 현대까지 10여 진도화가들의 풍경그림이 순차로 오버랩 되며, 스크린 가득 병풍처럼 이어진다.

: 그 그림들 앞을 청년과 등장했던 사람들 오가며 거닌다. (청년은 감탄하며 두리번거리며 걷고, 어떤 이는 뒷짐 지고 그림 풍광 감상하고, 어떤 이는 담배대 물고 고개 숙이고 천천히 걷고, 또 다른 이는 위풍당당한 발걸음, 어떤 이들은 풍경 관심없이 둘이 이야기하면서 영상 앞을 지난다.)

영상 해설

촬영지명과 특징, 간략한 관련 역사, 작품 제목과 작가이름(연도),

/ 도선국사(풍수)와 진도의 인연 이야기

#4-5 무대   : 무대 가운데 긴 돗자리(또는 흰색 카페트)와 오른쪽 평상 위에 서화 도구가 펼쳐져 있다. 남녀 7인은 글 쓰거나 그림 그리거나 옆에서 지켜보거나 하고 있다.

: 남1창(또는 여1창) **산타령**(염장)

(후렴) 제나~나~헤~로 산~이~로~고~너

1. 가세가세, 산노물 가세, 바구리 옆에 찌고 산노물 가세.
2. 이 산 저 산 다 댕겨도 인적소리 전혀 없네.
(중략)
5. 물레방의 처녀들은 잠에 취여 시들어지고
6. 서당방에 선비들은 글에 취여 시들어졌네.

: 여6창 남도잡가 **새타령**

─중중모리─

삼월 삼짇날 연자 날아들고 호접은 편편 나무나무 속잎나 가지꽃
피었다 춘몽을 떨쳐 / 원산은 암암 큰산은 중중 기암은 죽죽 메산
이 울어 천리 시내는 청산으로 돌고 / 이 골물이 주르르르르르 저
골물이 쿨쿨 열해 열두골물이 한테로 합수쳐 천방자 지방자 얼턱
져 구부져 방울이 버큼져 건너 병풍석에다 아주 쾅쾅쾅 마주 쎄려
산이 울렁거려 떠나간다 (중략)

#5막─장면1

#5-1 영상   : 화이트 배경. 가운데 여1창 : **씻김굿 초가망석 신노래**
신이로구나 신이로 여허 여히─여 여허 여허어─로구나
마이장서 어나리로구나 에 헤 에 헤 어이야
단야신이여 에 헤 에헤이야
등잔가세 등잔을 가세 불쌍하신 망자님의 넋 빌러가자
등잔을 가세 하느님 전에 등잔을 가세─후렴 구음 (중략)

#5-2 영상   : 어느 상갓집 마당. 다시래기 한 대목 펼쳐진다. 청년도 마당에 앉아 있다.

여가 진도여

*자장가 ~ 아기 낳는 장면(편집영상)

거사 :　참 그리고 자네 배 좀 달아보세. 이 애가 태어나면 꼭 나
　　　　를 타게야 할 것인데 안 타기면 탈이세 탈

사당 :　당신 타기면 무엇하게요, 앞도 못보고

거사 :　그래 그래 다 닮아도 눈만 나 안타기면 되어야. 마누라,
　　　　우리가 애기를 얼마나 기달렸는가, 우리 뱃속에 애기 잘
　　　　크라고 자장가 나 한번 불러야 겠네,

사당 :　그러시오

거사 :　(노래) 어허둥둥 내 강아지, 어허둥둥 내 강아지 / 어서
　　　　어서 자라나서 이 애비 지팽이 마주잡고 / 짜박짜박 걸
　　　　어다녀라 / 어허둥둥 내 강아지 어허둥둥 내 강아지 /
　　　　어덩밑에 귀냄이 왔느냐 / 어허둥둥 내 강아지 / 내 새
　　　　끼는 꽃밭에서 잠자고~
　　　　(중략)

영상 해설 〈진도 다시래기〉 국가무형문화재 제81호
상가에서 출상 전날 밤에 상주와 그 가족을 위로하기 위하여 사물반주에 맞추어 노래와
춤과 재담으로 진행되는 일종의 가무극적 민속놀이이다.

#5-1~2 무대　: 사물반주 무대 왼쪽에 자리하고 앉아 연주

#5-3 영상　 : 다시래기 장면에 이어, 같은 마당에서의 **진도 씻김굿** 편집영상 오버랩
　　　　　　영상에 군중과 악단 연주자들 모습 노출

영상 해설 〈진도 씻김굿〉 국가무형문화재 제72호
춤과 노래로써 신에게 비는 무속의식으로 의상은 상복 차림이며 망자의 후손으로 하여

금 망자와 접하게 하는 특징이 있다. '79년 세계민속음악제에서 금상을 받은 바 있는 진도 씻김굿은 원시종교인 샤머니즘과도 통하는 죽음에 대한 인간의 초연한 자세를 예술적 세계로 승화시킨다고 말할 수 있다.

#5-3 무대 : 씻김굿 **초가망석** – (손님굿) – **지전춤** – **길닦음** 이어진다.

: **지전춤** 2인 : 지전춤 단독 ~ 길닦음 전반부 공연.

: 영상에서 길닦음 진행될 때, 6인이 스크린부터 관객석까지 흰 천을 연결하여 잡고(세로 방향. 영상의 흰 천이 공연장까지 연장된 느낌으로), 무대에서도 **길닦음** 진행.

길닦음 – 애소리 –

(후렴) 애 애 애 어허라 애 애 애 애 애 야

가네 간다 내 돌아 간다, 어허라 먼길을 내가 돌아간다.

옛 노인 말 들어보니 북망산천이 멀다더니, 오날보니 앞동산이 북망 (중략)

#5-3 영상 : **애소리** 끝무렵, 영상은 마을길을 상여 메고 가는 모습과 **진도만가** 겹쳐진다. (편집영상)

영상 해설 〈진도만가〉 전라남도 무형문화재 제19호
만가는 사람이 죽었을 때 상여를 메고 가면서 부르는 상여소리지만 진도만가는 다른 지방과 달리 여자도 상두꾼으로 참여하고 사물악기로 반주를 한다.

#6막-장면1

#6-1 영상 : 배경음악 : 바라지의 **만선**

공연작품 해설(영상) 뱃노래에 타악을 결합하여 풍어의 기쁨을 표현한 곡으로 만선가를

부르며 돌아오는 과정이 노동요 특유의 메기고 받는 구조로 표현되었다. 대동세상을 꿈
꾸며 소박하게 살아가는 민중들의 건강한 삶이 느껴지는 곡이다.

: 청년은 조도와 관매도의 아름다운 비경을 둘러본다.

: 관매도의 벽화가 있는 작은 집 마당에 진돗개와 강아지 5마리가 놀고 있다.

: 청년은 담 넘어 구경하다 가까이 다가가 강아지를 쓰다듬어 본다.

: 관매도 백사장에 청년은 손가락으로 무언가를 쓰고 있다.

: 그리곤 갑자기 나타난 아까 보았던 진돗개 가족과 해변에서 즐겁게 이리
저리 뛰어다니며 논다.

: 문득 청년은 하늘을 올려다 보고 활짝 웃는다.

: 카메라는 청년과 점차 멀어지며 항공촬영으로 관매도~조도를 전망한다.

: 다시 카메라가 관매도 백사장으로 돌아와, 청년이 모래사장 위에 남긴 글
씨를 점차 클로즈업한 후, 바로 앵글 방향 전환.

: '藝… 樂… (멀찍이 큰 글씨) 안녕 진아… 친구야 안녕~'

: 카메라는 바다 위를 나르다, 영상이 시작되었었던 녹진 야외무대에 이른다.

: *바라지의 만선이 연주되고 있는 무대 클로즈업

#6-1 무대   : 만선이 끝날 무렵, 영상과 무대공연에 참여했던 각각의 소리꾼, 북 놀이패
등 모든 출연진 녹진 야외무대와 무대에 모여들어 **'진도아리랑'을 합동공연
(진도시나위)** 한다.

서산에 지는 해는 지고 싶어서 지느냐,

날 두고 가시는 님은 가고 싶어서 가느냐
세월아 네월아 오고 가지를 말아라, 아까운 청춘들이 다 늙어간다
우리가 여기왔다 그냥 갈 수가 있나, 노래 부르고 춤추며 놀다나
가세 한국 최남단 보배 섬 진도, 인심이 좋아서 살기도 좋네 (중략)

Mob Scene
공연이 끝나면 전체 공연자(영상, 무대) 동시에 관객 방향으로 인사한다. [끝]

#클로징 크레디트(Closing Credits)
: 인사 후, 카메라 하늘로 앵글 전환. 하늘 영상 위로 엔드 크레딧 올라간다.
: F.O. 막 내린다.

....

"진도는 원형의 섬이다. 진도는 맑은 땅이다.
삶의 모든 국면들을 포괄하는 힘세고 순결한 원형들이
그 섬에서 비롯되었고 거기서 축적되었다.
그러므로 진도는 섬이 아니다.
진도는 세계적이고 진도는 보편적이다."_ 작가 김훈

"우국의 붉은 마음 세방에 반짝이고
구국의 푸른기상 울돌목에 울리누나
시·서·화 운림산방雲林山房 세세년년 명품인데
아리아리 여귀산女貴山 노래소리 높아라
강강수월래 강강수월래 강강수월래 강강수월래
여인네 한숨소리 한限마저 보배로세."_ 시인 김명호 '진도에서'

                    생생유람 진도별곡(生生流覽 珍島★曲) 2019
....

                여가 진도여

＊공연되는 모든 국악작품의 제목, 가사와 해설내용은 동시에 영상 위 텍스트(자막)로 소개
＊영상 촬영 장소와 역사, (특산물) 등의 간략한 해설도 텍스트로 편집 소개
＊공연에 동반되는 영상은 '자연 다큐 - 국악 - 예술 영상'으로 예술사진영상작가와 협업으로 제작
＊영상 속의 자연과 특산물 등은 공연의 배경이 되고, '진도의 무형유산 가·무·악'이 영상의 주제
(관광홍보에 치우친 영상이 되지 않도록 유의)
＊자주 기획하기 어려운 대규모 인원이 참여하는 공연과 진도 출신의 유명 국악인들이 영상 출연
＊영상: 야외촬영, 동시녹음, 부분적으로 크로마 키(chroma key) 영상 삽입

여가 진도여

1판 1쇄 인쇄 2019년 2월 8일
1판 1쇄 발행 2019년 2월 14일

진도사랑 시 공모전 수상시집

지은이 편집부 엮음
펴낸이 진도군

감수자 이종호
편집인 이경희 김보현 김창현
디자인 ⓒ단팥빵
제 작 금강인쇄주식회사

펴낸곳 도서출판 북산
출판등록 2010년 2월 24일 제2013-000122호
주 소 서울시 강남구 역삼로 67길 20, 201호
전 화 02-2267-7695
팩 스 02-558-7695
홈페이지 www.glmachum.co.kr
이메일 glmachum@hanmail.net

ISBN 979-11-85769-20-2 03810

ⓒ 2018년 도서출판 북산 Printed in Korea.